Innan rosorna blommar

Linda Forsman

©2018 Linda Forsman
Förlag: BoD – Books on Demand, Stockholm, Sverige
Tryck: BoD – Books on Demand, Norderstedt, Tyskland
ISBN: 978-91-7699-934-9

Vinter

Snöfallet tilltog och de stora flingorna, i illvilligt samarbete med aftonmörkret, gjorde skidspåret allt svårare att urskilja. Blåste gjorde det också. Alexander såg på klockan på mobilen och nedslogs av beskedet. Att han aldrig lärde sig att vända i tid! Så gammal som han var borde han väl ha insett sina begränsningar vid det här laget. Suckande gnetade han vidare, tacksam över sin välpackade ryggsäck. Han skulle i alla fall inte behöva frysa, hungra eller törsta ihjäl, även om hemfärden så tog hela juldagsnatten.

En stund senare nådde han fram till ett krön och om han inte flåsat så mycket hade han hållit andan när han gled utför. Han bad en tyst bön om att skidspåret skulle gå där han trodde.

Det gjorde det inte. Med en ilning av rädsla gled han ur spår och när den högra skidspetsen kilades fast under en trädgren, halvt dold under snön, föll han handlöst och landade med

5

kroppen över sin vänstra fot. Alexander skrek högt av smärta och ilska där han låg i sluttningen. Svärande fick han av sig pjäxan och konstaterade lättat att inget verkade vara brutet. Men hur bra var det att stuka fotleden nu? Här? Elastisk binda hade han visserligen med sig, men om han lindade foten skulle han inte kunna få på sig pjäxan igen, och hur skulle han då klara av att ta sig ända hem? Han baxade sig upp i sittande ställning och såg sig omkring. Snön yrde och skogen var tät, men mellan granarna kunde han skymta en ensam byggnad, ett hundratal meter längre bort. Det stora huset, som osökt förde tankarna till "kråkslott", verkade vid en första anblick övergivet. Men sedan såg han att det lyste i ett av fönstren. Inte av det distinkta skenet från en fönsterlampa, utan av det fladdrande, varma skenet från en kamin eller öppen spis.

* * *

Victoria sjönk ner på huk vid kakelugnen, lade in två nya vedträn och väntade tills elden flammat upp. Därefter sköt hon in spjället och lät blicken vila hos de rogivande lågorna. Hur många gånger hade hon försökt avbilda en brasa, bara för att landa i olika grader av misslyckande? Nyanserna hon valde blev alltid fel, för varma, för kalla, eller bara ... fel, och målningarna blev dystert livlösa och platta. Det var den där dansen hon ville fånga. Hur elden levde och andades.

Ett uppfordrande jamande bortifrån kylskåpet avbröt Victorias funderingar och hon reste sig upp.

"Jaja, Lucifer, ditt lilla matvrak. Du kan få din middag nu."

Medan katten oupphörligt strök sig mot benen lade hon upp mat i en skål och ställde ned den på köksgolvet.

"Jag ska bara gå på toa först, så äter jag också sen", sade hon och strök lätt över kattens rödgula päls. "Grytan borde vara klar snart." Hon tog en snabb titt under gjutjärnslocket och vred upp volymen på radion, där en fånig tuggummipoplåt spelades. "Den här tror jag nog att du gillar, katten. Det svänger ju!" ropade hon och dansade ut ur köket.

* * *

Alexander lutade skidorna och stavarna mot trappräcket, men ångrade sig sedan och stack ned dem i snön. Vindstyrkan ökades på rejält nu, och han var rädd att skidutrustningen skulle kunna blåsa bort. Steg för steg linkade han uppför trappan. På nära håll såg huset inte lika fallfärdigt ut, men det var i stort behov av underhåll. Takpannorna hade fått genomleva fler årstider än de mäktat med och genom de uråldriga fönstren smet värmen förmodligen ut relativt obehindrat.

"Men hellre ett ruskigt, dragigt hus än en natt ute i snöstorm", mumlade han och letade efter ringklockan. Det fanns ingen. Den massiva dörren, utrustad med en modern och påkostad kattlucka, saknade även portklapp så han fick bulta på med knytnäven. Men trots att han bultade flera gånger kom ingen och öppnade. Efter viss tvekan tryckte han ned handtaget. Dörren gled upp och till hans förvåning möttes han av musik. Närmare bestämt av refrängen på en av de låtar som hans elever brukade gå runt och sjunga på rasterna. Kontrasten mot den mörka hallen, där golvet var täckt av nötta trasmattor och det definitivt inte fanns ytterkläder passande någon som gick i årskurs två, var så stor att det nästan var obehagligt. Vart hade han hamnat?

"Hallå!" ropade han och haltade in. Han drog igen dörren bakom sig, hårt, för att den som bodde här kanske skulle höra, och borstade av sig den värsta snön. "Är det någon hemma?" Fortfarande var den glättiga musiken allt han kunde höra, så han bestämde sig för att fortsätta längre in i huset och ropa där. Förr eller senare måste de ju höra honom.

Från hallen kom Alexander in i en korridor med en dörröppning på vardera sida och två stängda dörrar rakt fram. Den ena av dörröppningarna verkade leda till ett stort, nedsläckt vardagsrum, men det var ur dörröppningen till höger som musiken strömmade, tillsammans med varmt ljus och en underbar doft av mat.

"Hallå!" ropade han igen och kikade in i köket. En storvuxen katt i full färd med att sluka innehållet i en blommig matskål gav honom en kort blick och fortsatte sedan äta. *Med den där takten*

8

måste han precis ha fått maten, så ägaren kan inte vara långt borta, tänkte han och lyfte sin värkande fot över tröskeln.

Kakelugnen spred en välsignad värme och han skulle ha betalat en förmögenhet för att få sätta sig i kökssoffan med den virkade pläden över axlarna, lägga upp foten och äta två portioner av vad det nu var som luktade så fantastiskt gott.

Låten tog slut och ersattes av radioreklam alltmedan Alexander stod mitt på det trasmattäckta golvet med den onda foten lyft. Det sög i magen och utan att riktigt vara medveten om vad han gjorde tog han sig fram till spisen och lutade sig över de puttrande grytorna.

"Vad i *helvete* håller du på med!" sade en iskall kvinnoröst bakom honom. Han vände sig om så tvärt att han fastnade med pjäxan i en av mattorna. Han dråsade ned på knä och vågade därefter inte resa sig igen. För kvinnan vid köksdörren, med det mesta av ansiktet dolt bakom långt, trassligt hår, höll ett gevär riktat mot honom.

"Ja... jag ... Skjut inte!" fick Alexander fram. Han höll upp handflatorna och försökte trots sitt hamrande hjärta att göra en bedömning av kvinnans tillstånd. Var hon så här aggressiv för att hon tog honom för en inbrottstjuv? En våldtäktsman? Eller var hon galen? Var hon galen nog för att faktiskt skjuta honom?

"Vem är du och vad gör du här?" spottade hon fram.

"Jag heter Alexander Carino", svarade han med tillkämpat lugn.

"Jag var ute och åkte längdskidor och skadade mig. Stukade foten. Det är snöstorm och mörkt därute och jag hoppades att ..."

"Att vad då? Tror du verkligen att något som helst ger dig rätten att bara gå rakt in här? In i mitt hus!"

"Jag bultade på dörren, flera gånger. Den var inte låst och jag stod i hallen och ropade, också flera gånger, men ..."

"Det ger dig fortfarande inte rätten att gå in i mitt hus! Det finns en lag som du bryter mot. Hemfridsbrott kallas den!"

"Jag är medveten om det och jag är hemskt ledsen för att det blev så här. Så om du skulle kunna tänka dig att lägga undan det där geväret och berätta exakt var jag befinner mig, ska jag genast ringa efter en taxi."

"En taxi?" frustade kvinnan." Du sa det ju själv. Det är snöstorm. Hit tar sig ingen taxi förrän det är plogat, och det kan minsann dröja." Hon knäppte av radion och ställde sig sedan och betraktade honom under tystnad. Alexander hoppades innerligt att hon inte skulle bestämma sig för att kasta ut honom. Med skadad fotled i mörker, snöstorm och nattkyla ... Det var inte alls säkert att han skulle lyckas ta sig hem.

"Kasta hit din telefon", sa hon slutligen.

"Va?"

"Din telefon, och se till att du är inloggad på allt."

Alexander såg ingen annan utväg än att lyda den underliga uppmaningen, så han drog upp mobilen ur fickan och låste upp den.

"Apparna är igång", sa han och hivade iväg den. Kvinnan fångade telefonen med ena handen och började, utan att släppa geväret, söka genom den. Då och då kastade hon en blick mot honom, men eftersom hon fortfarande hade håret hängande kring ansiktet kunde han inte få någon ordentlig uppfattning om hur hon såg ut, eller ens hur gammal hon var. Men av kläderna och hållningen att döma var hon betydligt äldre än han.

* * *

Victoria scrollade snabbt igenom Alexanders sociala medier. Han var ingen hatare, utan hade en genomgående vänlig och glad ton i inlägg och kommentarer. Klagade inte ens på det dåliga vädret i somras. Inga tvivelaktiga länkar eller grupper. Inga selfies, trots att han var så snygg, vilket var en positiv överraskning. Övervägande del kvinnor i vänlistan och inter-aktionerna. Två var hans systrar. Arbetade som lågstadielärare, var två år äldre än hon själv och singel. Men i bilder och inlägg äldre än åtta månader var en kvinna närvarande i högsta grad. Gabriella, eller "Gabbi" som hon oftast kallades, mörklockig och söt som en docka.

Victoria höll noga koll på Alexander där han halvsatt på golvet, fortfarande med den stora ryggsäcken och pjäxorna på, och det blev allt mer uppenbart att han hade ont. Det bästa vore nog trots allt att låta honom ta hand om den där fotleden. Annars blev hon väl aldrig av med honom.

"Okej", sa hon och kastade tillbaka telefonen. Hon hängde bak geväret på ryggen och korsade armarna över bröstet. "Du verkar vara den du säger, så om du sköter dig kan du få stanna ett tag. Men bara här i köket. Behöver du något att linda om foten med?"

"Tack, men jag har", pustade han och började spänna av sig ryggsäcken. Medan han plockade upp det han behövde gick hon fram till spisen och la upp mat åt sig på en tallrik. Efter lite tvekan tog hon fram en till och lastade upp en stor portion köttgryta tillsammans med den enda potatis hon tänkte undvara. Hon ställde hastigt tallriken på golvet intill honom tillsammans med bestick och ett glas vatten och tog därefter med sig sin egen bort till skuggorna vid bordet.

"Jag hade, av förklarliga skäl, bara kokat potatis till mig", sa hon torrt. "Så du får klara dig med den där."

Han tackade innerligt och trots att han knappt hunnit linda halva foten högg han in på maten. Han åt som en svulten och såg sedan upp på henne med ett närmast förvånat uttryck i ansiktet.

"Det där var nog det godaste jag någonsin ätit. I hela mitt liv. Det här köttet, som var så mört, vad är det för något?"

"Skogshare. Jag har skjutit den själv."

* * *

Snöstormen tjöt utanför fönstret och huset knakade av vindbyarna. Alexander lindade foten hårt, ställde timern på telefonen och lade upp benet på ryggsäcken.

"Varför tar du tid?" frågade kvinnan vid bordet.

"Jag kan bara ha förbandet så här hårt spänt i femton minuter", sa han och lade sig på rygg. "Annars kan det göra mer skada än nytta. Men foten är redan så svullen så det kommer nog inte att göra så mycket nytta hur som helst."

"Aha ... Visst kan man kyla också?"

"Ja, det bästa är att lägga in kylpåsar mellan lagren. Men jag har inga sådana med mig."

Under tiden han väntade slöt han ögonen, hela tiden uppmärksam på om foten började domna så han skulle bli tvungen att släppa efter på bindan i förtid. Medan han låg där trängde golvkylan igenom lagren av trasmattor och fuktiga kläder, och trots värmen från kakelugnen började han frysa. Såvida hon inte upplät kökssoffan skulle det bli en kall natt.

"Skulle det fungera med plastpåsar med isbitar?" frågade kvinnan plötsligt. Han slog överraskat upp ögonen. "För jag har isbitar i frysen."

Hon väntade in hans nickning och hämtade sedan två vita plastformar med isbitar och en rulle enliters fryspåsar.

"Tack så mycket."

13

"Kan det få din fot att bli bra fortare, så", sa hon kort och återgick till sin post i kökssoffans bortersta hörn. "Jag har annat att göra än att sitta här och hålla vakt över en förbrytare."

Alexander var frestad att påpeka att han minsann inte var den enda som brutit mot lagen den här juldagskvällen, men valde att tiga. Istället sysselsatte han sig med att lägga om förbandet, och njöt av lindringen som isen gav. Men som bieffekt gjorde den honom ännu mer frusen och han insåg att han behövde byta till en torr tröja. Så snart han sträckte sig efter väskan reagerade den misstänksamma kvinnan.

"Vad tänker du göra nu?"

"Ta fram en torr tröja. Den jag har på mig är fuktig."

"Ja, måste du så. Men inget fuffens."

"Fuffens?" log han. "Där har vi ett ord som används alldeles för lite."

Hon fnös till svar och sa inget mer medan han drog av sig jacka, tröja och underställ och bredde ut dem på golvet att torka. Han tog på sig både merinoulltröja och microfleece, samt vek en tunn fleecefilt tredubbel innan han lade den under sig.

"Hur mycket har du i den där väskan egentligen?" muttrade hon när han hade lagt sig ned igen med foten i högläge.

"Mycket", svarade han nöjt och slöt ögonen igen. Men även den här gången slog han upp dem vid ett oväntat ljud. Det var ett kurrande läte, precis intill hans öra, och den gulrandiga katten kom in i hans synfält. Den satte tassen på hans axel och trampade prövande ett par gånger, innan den klättrade upp på honom och la sig tillrätta över bröstet. Den varma, vibrerande tyngden kändes underligt välkomnande och han lade handen över kattens lena nacke. Djuret somnade efter ett par andetag och efter en stund somnade han med.

* * *

Victoria bar in sin läsfåtölj med fotpall i köket, hämtade en del saker hon skulle behöva sen, lade på mer ved och gjorde i ordning en kopp te. Under hela tiden sov Alexander vidare på köksgolvet, löjligt stilig till och med i sömnen, med hennes svekfulla katt på bröstet. Men nu visste hon i alla fall med säkerhet att han inte var någon dålig person. Lucifer, som brukade lurpassa på brevbärare och postbud, skulle aldrig ha betett sig så där om hon haft något att frukta. Efter en kort tvekan hade hon valt att ställa bort geväret, eftersom hon inte kunde rättfärdiga det längre, ens för sig själv.

Hon kröp upp i fåtöljen och smuttade tankfullt på teet. Imorgon var det också en röd dag, så plogbilen skulle inte komma. Inte hit ut. Men förhoppningsvis skulle den komma dagen efter det. Det måste den. Det fanns inte en chans att hon skulle kunna sova så länge inkräktaren fanns i huset, och hon visste inte hur länge hon kunde klara sig utan sömn.

Efter ett par timmar hoppade Lucifer ner från Alexanders bröst, vilket fick även honom att vakna.

"Hur är det med foten?" frågade hon och han såg så yrvaken ut att hon misstänkte att han för ett ögonblick glömt bort var han befann sig.

"Jag ... vet inte än. Bättre, tror jag. Inte sämre i alla fall."

"Okej. Din telefon vibrerade flera gånger medan du sov. Det är säkert någon som undrar vart du är."

"Det betvivlar jag", sade han lågt, men såg ändå efter. Han la bort den igen utan att skriva något. "Varför snodde du min telefon förut, förresten? Vad tittade du efter?"

"Såg efter vilken sorts person du är, bara", sa hon med en axelryckning. "Om du är en som bygger upp eller river ned."

"Bygger eller river vad?"

"Allt. Som ... samhällsklimatet. Jag menar sådana som gapar och skriker och vinklar och vrider och hittar fel på allt. Som hoppar på andra, trots att de inte har gjort dem något ont."

"Som när folk dödshotar någon, bara på grund av en debatt-artikel som de inte håller med om?"

"Ja, ungefär så."

"Och jag klarade testet?"

Han såg upp mot henne med ett sömnigt leende, och hon blev så distraherad att hon nästan glömde bort frågan.

"Bevisligen", lyckades hon svara till slut. "Annars hade jag redan kastat ut dig."

"Säkrast att fortsätta hålla sig på mattan då", flinade han och pekade mot trasmattorna medan han skrockade åt sitt eget skämt. Victoria kände hur det drog i mungiporna och fick kämpa för att hålla sig allvarlig. *Gå inte i fällan*, påminde hon sig själv. *Nästa gång är det dig han skrattar åt.*

Alexander satte sig upp, vred på överkroppen och rullade med axlarna. Därefter började han plocka ur påsarna med den smälta isen från omslaget.

"Behöver du mer is? Jag tror att jag har till en omgång till."

"Tack gärna, men jag måste få be att låna toaletten först." Han reste sig, något ostadig, och såg frågande på henne. *Himmel, vad lång han är.*

"Du får tyvärr bara hålla dig här i köket, som du kanske minns. Så du får lösa det där på annat vis", sa hon och pekade mot den kantstötta vas hon placerat intill hans ryggsäck. Alexander betraktade först den och sedan henne, under rynkade ögonbryn.

"Du skojar. Visst skojar du?"

Victoria skakade på huvudet och när hon såg hans min önskade hon nästan att hon inte behövde neka honom. Men det var illa nog att han invaderat hennes kök. Hon kunde inte sträcka sig längre än så här. Och fick hon önska något mer, var det att aldrig ha sett honom utan tröjan på. Nu var det väldigt svårt att hålla undan den minnesbilden.

"Du menar alltså, seriöst, att jag ska pissa i köket. I en gammal vas?"

"Ja, det blev så. Jag har en urinflaska någonstans, men jag hittade den inte."

"En *urinflaska*!" utbrast han. "Vad då, har du en till fånge här någonstans? En gammal sängliggande gubbe?"

"Hallå! Stopp där ett tag. Du är *inte* min *fånge*. Ingen skulle bli gladare än jag om du gick. Passar inte mina regler vet du var dörren är och bevisligen också hur man öppnar den."

Det fick tyst på honom och han stod länge, mulen som en åskdag, och överlade med sig själv. Till slut grabbade han tag i vasen och vände henne ryggen. När han var klar, efter ett långdraget och generande strilande, knäppte han igen byxorna och såg på henne med sammanpressade läppar.

"Och vad har du förresten tänkt göra med den här sen?" frågade han och skakade lätt på vasen. "Hur vet jag att du inte använder mitt urinprov till några skumma tester, eller något annat fuffens?"

"Men sluta", sa hon och kom på fötter. "Vad tror du om mig, egentligen?"

"Jag tror en massa saker, eftersom du inte berättar något. Jag vet ju inte ens hur du ser ut! Du tog reda på allt om mig, mot min vilja, medan du själv inte ens har sagt vad du heter!"

"Jag vet inte alls allt om dig. Bara det du själv har lagt ut till allmän beskådan."

Alexander knep ihop läpparna ännu hårdare och haltade bort till diskbänken. Han gav henne ett utmanande ögonkast och lyfte vasen över vasken.

"Men usch, så kan du ju inte göra! Lägg av!"

"Berätta då."

"Okej, okej. Jag heter Victoria. Victoria Sällman."

Han höjde ett ögonbryn och vinklade vasen ännu en aning.

"Jag är 37 år och arbetar som illustratör. Nöjd nu?"

Han skakade på huvudet och gestikulerade mot henne. "Du har sett tiotals bilder på mig och satt dessutom och stirrade på mig halva natten när jag sov, så jag tycker inte alls att det är rättvist än, Victoria. Och javisst, ja! Jag glömde att du har hunnit se mig halvnaken också, så helt rättvist kommer det alltså aldrig att bli. Men visa ditt ansikte så får du vasen."

Nu var det Victorias tur att göra en inre överläggning, och i slutändan var det inte den hotande stanken ur vasken som avgjorde. Hon stod i en återvändsgränd och insåg med sorgsen lättnad att det bara fanns en väg ut, och att det var den väg hon måsta ta. Trots att den ledde rakt mot rädslan.

* * *

Alexander kramade hårt om vashalsen, osäker på om han hade gått för långt. Kvinnan, Victoria, verkade inte labil, men risken fanns att han hade misstagit sig. Han sneglade mot henne där

19

hon hukade i sin oformliga kofta och funderade på sannolik-heten att hon hade ett till vapen gömt där någonstans. Men, nej, han hade väldigt svårt att tro att någon som hade en välskött katt och en lång rad glada tomtar på spiselkransen var en potentiell mördare.

"Som du vill", sade hon till slut, så lågt att hon nästan viskade.

"Men ställ ned vasen först, är du snäll."

Han gjorde som hon sagt, och såg sedan hur hon långsamt lyfte händerna för att dra undan håret. Varför var hon så ovillig att visa sig? Var hon vanställd på något sätt? Han beredde sig på det värsta, som brännskador, röda ärr tjocka som maskar och saknade kroppsdelar, så han blev rätt förvånad när de toviga hårgardinerna avlägsnats och han fick se ett helt vanligt, blundande, 37-årigt ansikte. Ögonbrynen var vildvuxna och näsan möjligtvis lite oproportionerlig mot den smala ansiktsformen, men han fann verkligen ingen anledning till hennes motstånd och den lidande minen.

"Se, det var ju inte så farligt", sade han lätt. Hon ryckte till vid ljudet av hans röst och slog upp ögonen. De mötte hans, i en blixtrande kort sekund, innan hon slog ned blicken. Men den glimten var nog för att han skulle undslippa sig en överraskad flämtning. De där ögonen hade den mest intensiva gröna färg han någonsin sett. Nästan som gröna ... laserstrålar. Den dåliga liknelsen fick honom att omedvetet skratta till, och det lilla ljudet träffade Victoria som en örfil. Hennes axlar sjönk ihop ännu mer innan hon rusade tillbaka till fåtöljen, där hon kröp ihop med armarna runt benen och pannan mot knäna.

"Men Gud, förlåt!" utropade han. "Jag skrattade inte åt dig, utan bara åt något jag tänkte!"

"Det är så det brukar låta", sa hon ner i knäet. "Tror du att jag går på vad som helst?"

"Men det är sant! Jag tänkte att din ögonfärg var så intensiv att den påminde om gröna laserstrålar, och så började jag tänka på han den där superhjälten som måste ha speciella glasögon för att annars skulle han bränna sönder allt med sin laserblick och det var så knäppt att jag skrattade till. För om du verkligen hade haft såna laserögon, fast gröna då, hade jag varit död nu. Eftersom jag hade sett in i dem. Min hjärna skulle ha varit grillad."

Victoria lyfte huvudet och trots att hon satt i mörkret kunde han föreställa sig hennes misstrogna min. "Cyclops? Han har inte ens någon laserblick. Det är Superman som har det."

"Jaså? Jag trodde att det var laser. Men hur som helst, det viktiga är att det inte var dig jag skrattade åt. Varför skulle jag ha gjort det, förresten? I så fall skulle jag ju måsta skratta åt varenda människa jag möter."

"Va?"

"Vad då 'va'? Ja, för du ser ju ut ungefär som de flesta kvinnor i din ålder. Fast med lite trassligare hår, då."

21

Victoria teg, så han lät henne vara. Han hoppade bort till frysen och plockade själv ut mer is, utan att hon sa ett ord till protest.

Därefter tog han med sig sin packning och flyttade bort till kökssoffan, och inte ens när han installerade sig där gjorde hon en ansats att hindra honom. *Fri att röra sig inom kökets gränser, alltså.* Han satte sig för att linda om förbandet, och såg i ögonvrån hur hon följde hans rörelser.

"Jag tänkte försöka sova lite mer", sa han utan att titta upp.

"Visst. Sov du", svarade hon med en viss fördröjning. "Klockan är bara halv två."

Alexander la sig tillrätta på sin nya, betydligt bekvämare sovplats. Stormen ven fortfarande därutanför, och han inbillade sig att vinden trängde genom ytterväggen och kylde ned luften kring huvudet, som var den enda del av honom som inte täcktes av den tjocka, virkade pläden. Hur kunde Victoria välja att bo här, mitt ute i skogen, helt ensam? Men det större mysteriet var hur hon kunde bli så uppenbart förvånad av att höra att hon såg ut som folk gör mest.

* * *

Eftersom Alexander antytt att han inte tyckt om att hon sett på honom när han sov, bestämde sig Victoria för att låta bli att titta den här gången. Hon hämtade golvläslampan och boken hon höll på att läsa, men ändå vandrade tankarna och blicken allt som oftast iväg till den sovande mannen på sofflocket. Han hade inte ljugit. Så pass människokännare hade hon ändå lyckats bli att hon kände igen en uppriktig sanning när den levererades utan omsvep. Men hur var det möjligt? Prövande lät hon handen stryka längs kinderna och hakan, över näsan och läpparna. De kändes som vanligt. Men hon kunde inte ens minnas senaste gången hon sett sig själv i en spegel, och det fanns inga kort tagna av henne i vuxen ålder. Kunde det vara så att hon hade förändrats? *Nej. Glöm vad han sa. Någon så ful och fel som du kan aldrig bli normal.*

Snöstormen lade sig framåt morgonen, så Victoria passade på att gå ut till hönsen. Förhoppningen var att hinna tillbaka in igen innan Alexander vaknade. Efter en titt på termometern byltade hon på sig en massa kläder och snörade även på sig de höga kängorna, men att ta sig till hönshuset visade sig vara besvärligare än hon trott. Snön låg djup över hela gårdsplanen, och hade dessutom drivit upp mot hönshusdörren. Rejält. Jäktat grep hon tag i skyffeln, som tack och lov stod vid bron, och noterade skidorna och stavarna som prydligt stuckits ned i snödrivan. Inte en vinkling var sned och mellanrummen såg ut att ha mätts upp med måttstock. *Finns det något hos den där mannen som inte är perfekt?*

Suckande började hon skotta.

* * *

Alexander drogs ur sömnen när något pressades mot hans kind. Reflexmässigt försökte han fösa bort det, och stötte då emot päls och en kurrande kropp. Katten. Den drog bort tassen, men satte igång att jama istället, rätt i örat.

"Visst tigger du mat hos fel person nu?" mumlade han och reste sig upp på armbågarna.

"Men? Var är hon?" Yrvaket scannade han av det lilla rummet igen, men Victoria var helt klart inte där. I fåtöljen där hon suttit låg det en filt och en uppslagen bok, men i övrigt fanns det inte ett spår av henne.

"Jaha. Verkar som om det ändå blir jag som får ge dig frukost, kissen."

Alexander hittade några kattmatsburkar i skafferiet och letade även reda på en sked. När han utfodrat katten drack han ett glas vatten och tog fram en proteinbar ur väskan innan han återgick till kökssoffan. Han kollade mobilen och skrev en kommentar till fotot syrran lagt ut av ungarna, som mysande i pyjamas spelade på konsolen de fått i julklapp. Bara för att visa att han levde. Han motstod impulsen att även kommentera ett av Gabbis inlägg, och la sedan undan telefonen. *Nu då?* Blicken drogs till boken i fåtöljen och hans nyfikenhet stegrades hastigt till nivån då han bara måste få veta vilken bok det var. Vad läste en kvinna som hon? Sagan om Isfolket tredje varvet, kanske? Grottbjörnens folk? Nora Roberts? Omständligt tog han sig ur pläden och upp från soffan igen och haltade bort till fåtöljen. Boken var inbunden, ovanligt tjock, och nästan utläst. Långsamt lyfte han på den främre pärmen, och skrattade till när han fick se titeln. The Dark Tower av Stephen King, sjunde och avslutande delen på originalspråk. Han hade nog inte kunnat gissa mer fel.

* * *

När Victoria äntligen hade skrapat av gödselbrädan och gett hönorna deras vatten och foder hade det gått alldeles för lång tid. Hon skyndade tillbaka till huset, men var tvungen att stå kvar på farstubron och andas ett tag innan hon vågade öppna ytterdörren. Tänk om han hade förstört något i hennes hem? Eller gått runt och snokat bland det som ingen fick se? Oron gjorde henne yr, men hon tvingade sig att gå in. Ju längre hon var frånvarande, ju större var risken att något skulle hända.

Väl inne i hallen var det första hon märkte att köksradion var på. Det andra var att det luktade kaffe. Och kattmat. När hon fått av sig kläderna och återvände till köket, satt Alexander vid bordet med foten upplagd på stolen mittemot. Han drack kaffe ur en av de stora muggarna hon aldrig använde, och vände sig mot henne med ett urskuldande leende.

"Katten var hungrig och jag brutalt kaffesugen, så jag hoppas att det var okej att jag serverade oss?"

"Ja, bara du ... stannade här inne så."

"Jag är fortfarande inte sugen på att bli utkastad, så jag ser till att hålla mig på mattan som jag lovade." Han harklade sig och tillade: "Men det finns saker du definitivt inte vill ha i någon vas, så du får nog fundera över det där förbudet igen. För bådas vår skull."

"Toaletten?" sa hon dumt.

"Ja. Rätt snart, helst. Typ ... nu."

Ännu en gång befann hon sig i den där återvändsgränden. Men det var en tröst att veta att det bara fanns ett alternativ, även om det gjorde henne lite illamående.

"Jag kan ju inte gärna neka dig. Men ... lovar du att inte röra något därinne?"

"Nja, det kan nog bli lite svårt. Jag kan däremot lova att inte röra något som inte är absolut nödvändigt för genomförandet av ett hygieniskt toalettbesök."

Återigen drog det i hennes mungipor, men så snart han ställt sig upp blev hon nervös igen. Det här var på riktigt. En främmande människa, *en karl*, skulle snart gå in i ett av hennes mest privata rum. Utan att hon hade någon kontroll över vad han gjorde därinne.

"Kan du lova att inte låsa också?" kastade hon ur sig och skämdes sedan lite när han gav henne en underlig blick.

"Eh ... visst. Om du lovar att bara öppna dörren i yttersta nödfall. Alltså nödfall som i explosionsartad brand."

26

* * *

Alexander drog igen dörren och såg sig omkring i det lilla badrummet. Förutom toalettstol och handfat med badrumsskåp fanns det en duschkabin, i behov av rengöring, tvättmaskin, bidé och en belamrad pall. Men det han lade märke till först var det som *inte* fanns där. Spegeln. Ovanför handfatet fanns det bara en rektangulär yta, i annan nyans än resten av väggen, samt några skruvhål. Möjligheten fanns så klart att spegeln hade gått sönder och var på väg att bytas ut, men det kändes föga sannolikt. Nej, det var Victoria som hade tagit ned den. Så måste det vara. Men varför? Varför gömde hon sig på det här extrema sättet?

När han torkat och tvättat sig blev han stående vid handfatet med droppande händer. Det fanns ingen gästhandduk, så klart, och han fattade att Victoria inte skulle bli överförtjust om han använde hennes. Till slut torkade han av sig på tröjan och öppnade dörren.

"Gick det bra?" frågade hon och sträckte på nacken för att försöka kika in bakom honom.

"Jovars", sa han och visade på de våta fläckarna på magen. "Jag visste bara inte vad jag skulle torka mig på."

"Oj. Men jag kan ta fram en handduk till."

"Egen handduk, minsann? Betyder det att jag slipper vasen i fortsättningen?"

Han studerade Victoria noga medan hon funderade, men det var svårt att gissa hennes sinnesstämning när hon visade så lite av ansiktet. Det ryckte i fingrarna av impulsen att peta in hennes hår bakom öronen, men det tilltaget skulle knappats belönas med applåder.

"Vi säger väl så", sa hon kort. "För bådas vår skull."

Efter toalettbesöket kokade Victoria havregrynsgröt åt dem båda. Alexander gjorde en ansats att duka, men hon sa åt honom att sätta sig och vila foten istället.

"Jag fyllde isformarna i natt", sa hon i förbifarten, "men de har knappast hunnit frysa till än."

"Det är lugnt. Svullnaden är redan mycket bättre."

Hon nickade, med ryggen vänd mot honom och blicken ned i grötgrytan. *Hon ser ut som en gammal gumma när hon står där och hukar. Varför väljer man att se äldre ut än man är?*

Victoria ställde fram en burk sylt, hemkokt, och gick tillbaka till kylen för att hämta mjölken. När hon sträckte sig efter mjölkpaketet på den översta hyllan gled den långa koftärmen upp och blottade hennes handled. Alexander log när han såg vad hon hade där. En hårsnodd.

När hon slevat upp gröten och satt sig ned, passade han på att utnyttja den nya upptäckten.

"Victoria, det blir ju jättebesvärligt att äta med håret hängande framför ansiktet. Varför gör du inte som vanligt och sätter upp det?"

Hon stelnade till, mitt i en rörelse, men han vågade sig på en fortsättning.

"Du, jag såg att du har en hårsnodd där. Du skulle ju kunna använda den, i alla fall när vi äter? Och jag lovar att inte börja yra om superhjältar och om de har laserblick eller inte den här gången."

Han väntade inte in någon reaktion, utan tittade ut genom fönstret och började lugnt äta sin gröt. Vid fjärde tuggan och efter ett halvt glas mjölk drog hon loss hårsnodden. När halva portionen var uppäten såg han i utkanten av synfältet hur hon lutade huvudet bakåt och fumligt samlade ihop håret till en svans. Han tvingade sig själv att vänta tills hon börjat äta och flyttade sedan över blicken från den översnöade gården till sin mystiska värdinna. Victoria stirrade ned i sin tallrik så han fick äntligen tillfälle att, väldigt diskret, studera henne ordentligt. Återigen sökte han efter anledningen till hennes skamsenhet men kunde inte heller nu hitta någon. *Victoria, vem har lurat i dig att du inte duger?*

* * *

Gröten växte i munnen på henne, men Victoria fortsatte envetet att tugga och svälja. För tillfället hade hon flera alternativ att välja på, och hon valde varken att fly rummet eller titta upp och möta hans blick. Hon valde passiviteten mitt emellan.

"När tror du att plogbilen kommer?" frågade han enkelt. Som om hon var som vem som helst.

"Jag tror tyvärr inte att den kommer idag", mumlade hon när hon tuggat ur munnen. "Helgdag."

"Det förstås. Så vad tycker du att vi ska hitta på idag då?"

Frågan var så oväntad att hon råkade titta upp. *Vi?* Som tur var hade han uppmärksamheten riktad mot sin sked.

"Har du någon bok att låna ut, till exempel?" fortsatte han i samma otvungna ton. "Jag har inte med mig någon egen."

"Inte det? Jag trodde att du hade allt i den där ryggsäcken. Förutom lokomotiv och atlantångare."

Med ett brett leende mötte han hennes blick. "Som Skalman? Nej, riktigt så välutrustad är jag tyvärr inte."

Förläget såg hon ned i tallriken. *Välutrustad.* Var han medveten om dubbeltydigheten? Och i så fall: Var det meningen att hon skulle säga något skämtsamt tillbaka? Skratta? Hon hade ingen aning. Den enda hon brukade skämta med var Lucifer.

"Jag skulle i och för sig kunna ladda ner en e-bok, men det är verkligen inte samma sak", fortsatte han. "Så om du kan tänka dig att låna ut en hederlig pappersbok skulle jag vara mycket tacksam."

"Jag måste bara få städa undan i vardagsrummet först", gled det ur henne. *Nej, vänta! Vad har jag nu lovat?*

"Inga problem! Tack så mycket!"

Skit också.

* * *

Alexander borstade tänderna i köksvasken, tacksam för att han stoppat ned resenecessären, medan Victoria förberedde i vardagsrummet. Efter ett par minuter kom hon tillbaka, fortfarande med håret uppsatt, och nickade åt honom att komma med.

Så snart han klivit in i vardagsrummet förstod han att det här var en plats där hon trivdes. Det skulle även han ha gjort. Den stora soffan i mörkgrön plysch såg ofantligt inbjudande ut, med mjuka kuddar och grovstickade filtar, och det fanns både öppen spis, TV och stereo. Men själva trivseln kom från den klädda julgranen och de små högarna med böcker, skivor och filmer, från den tomma temuggen på soffbordet och inte minst från den gula katten som låg hoprullad i en fåtölj.

"Bokhyllorna är där", sa hon och pekade mot väggen de passerat när de gick in.

Alexander vände sig om och tappade talförmågan ett tag. Benämningen "bokhyllor" var en grav underdrift. Det rätta ordet var "bokvägg", för varenda centimeter av den långsträckta väggen, till och med utrymmet ovanför dörren, var täckt av

31

hyllor. Alla fyllda med böcker. Tusentals böcker. Det fanns till och med en sådan där speciell stege som satt fast i en list och gick att rulla i sidled.

"Wow! Är alla de här böckerna dina?"

Hon ryckte på axlarna. "Jag har ärvt en stor del av dem, men ja, nu är de mina allihop."

"Får jag titta?"

Hon ryckte på axlarna igen, så han gick fram till hyllan längst till vänster och lät fingrarna glida utefter bokryggarna medan han skummade titlarna. Det fanns allt möjligt. Deckare, faktaböcker, kärleksromaner, biografier, barnböcker, fantastik, rysare, klassiker ... Gång på gång kände han "läsa den här nusuget" och lika ofta hittade han någon av sina redan lästa favoriter. Många av de okända titlarna kittlade dessutom hans nyfikenhet och kunskapstörst och trots att han bara hunnit kolla in en fjärdedel av hyllorna blev det hela nästan lite överväldigande. Här hade han lätt kunnat spendera ett år.

"Något du rekommenderar? Jag kommer aldrig kunna välja en bland allt det här."

"Beror på vad du gillar. Senast lästa bok?"

"Tusen strålande solar av Khaled Hosseini. Men jag vill nog läsa något lite mindre hjärtskärande den här gången."

Victoria blev tyst länge, så han vände sig frågande mot henne. Hon gav honom en snabb blick med de där fascinerande ögonen och ruskade en aning på huvudet.

"Jag är både förvånad och lite imponerad just nu. En gripande roman om kvinnors miserabla levnadsförhållanden i Afghanistan? Inte vad jag skulle ha tippat på, precis."

"Det var mina kollegor som rekommenderade den och eftersom de alla är kvinnor, så ... Men jag gillade den. Mycket, faktiskt. Den är inte som de där böckerna som man läser baksidestexten på efter ett par år och inte minns om man läst eller inte."

"Ja, de, ja. Dussinböckerna. De har jag också svårt för. Lämnar inte boken något bestående intryck kan jag lika gärna låta bli att läsa den. Är du en sån som kan sluta mitt i?"

"Lätt. Jag kan lägga bort den stackars boken efter ett par kapitel om den inte känns rätt. Varför läsa halvdåliga böcker när det finns så många bra?"

"Exakt. Livet är för kort för att dricka dåligt vin och läsa dåliga böcker. Så nu ska vi se till att hitta en riktigt bra en åt dig." Hon studerade hyllorna en stund, med rynkade ögonbryn och huvudet på sned. "Har du läst Hungerspelen?"

"Är inte det en ungdomsbok?"

"Om du syftar på att den handlar om ungdomar, så är den väl det på ett sätt. Men i så fall är Tusen strålande solar en kvinnobok, och den kunde du ju bevisligen läsa. Varför sätta onödiga etiketter på saker och ting?"

"Point taken. Jag får väl ta och ge den en chans." Han höll upp ett finger och tillade: "Och med 'chans' menar jag de sedvanliga provkapitlen innan domen faller."

"Jag är rätt säker på att du är ordentligt fast vid det laget", sa hon nöjt och pekade mot hyllan där boken stod. Alexander drog ut den och studerade framsidan.

"Men ... det där är väl inte tjejen som är med i filmen?"

"Nej, det där är det första omslaget. Jag köpte och läste serien innan den slog igenom på allvar."

"Aha. På tal om omslag, förresten ... Du nämnde att du är illustratör. Vad är det du illustrerar?"

Victoria, som för en kort stund varit förvånande öppen och nästintill munter, blev besvärad igen. "Det är lite olika ... Omslag ibland, men mest illustrerar jag barnböcker. Under pseudonym."

Varför är jag inte förvånad?

"Har du några av böckerna här?" Inte för att han egentligen trodde att hon gladeligen skulle dra fram och visa upp dem, men han kunde inte låta bli att fråga. Victoria ... Hela hon var som en synnerligen invecklad roman, och det kliade i honom efter att få bläddra vidare. Hitta ledtrådarna och lösa mysterierna.

Victoria blev obeslutsamt stående, så han kastade fram ett förslag. Ett förslag som förhoppningsvis var så underligt att hon gick med på det.

"Du, så här kan vi göra. Du tar fram ... säg tre böcker, varav du har gjort omslaget till en. Sen ska jag gissa vilket som är ditt.

Gissar jag fel gör jag både lunch och diskar bort efteråt. Och gissar jag rätt så lovar jag att läsa ut Hungerspelen, eller en annan bok du väljer, oavsett hur barnslig jag tycker att den är."

Hon log. Ett litet, ljust leende, som fick henne att se så ... rar ut.

"Tänk om jag bluffar då?"

"Hur kan de där ögonen ljuga? Kör igång."

* * *

Med hettande kinder och bultande hjärta letade Victoria reda på de böcker hon tänkt lägga fram. Hon lät bilderböckerna vara, trots att de betydde mer för henne, och valde istället ut tre av de omslag hon gjort. Inga andra böcker. Bara hennes. Omsorgsfullt lade hon ut böckerna på soffbordet i en prydlig rad. *Så där, Alexander! Få se hur du knäcker den nöten.*

Han betraktade böckerna länge, under koncentrerad tystnad. Han kliade sig på kinden, där skäggstubben började anas, och tog så småningom ett steg tillbaka.

"Jag befarar att du bluffade mig ändå, du bedrägliga kvinna. För av vad jag kan uttyda, har samma person målat alla de här. Så ... då återstår bara frågan om du har målat alla eller inget."

Alexander satte fingret tankfullt mot läpparna och sneglade på henne med spelad skepsis. Hon i sin tur iklädde sig en överdrivet oskyldig min, i denna lek som både var lite skrämmande och märkligt lockande.

"Mitt svar är 'ja'. Du, och ingen annan, ligger bakom alla dessa fascinerande och beundransvärda målningar."

Hon svarade genom att peka med hela handen mot soffan.

"Vilket betyder att nu är du så god och sätter dig och läser boken jag sagt åt dig att läsa. Lägg upp fötterna på bordet och våga inte sluta förrän jag har lunchen klar."

Alexander brast ut i skratt, vilket fick henne att känna sig varm inombords. Varm och ... stolt. Det tog en stund innan hon insåg att hon stod och log. *Log,* trots att den där långe, objudne gästen parkerade sin perfekta häck i hennes soffa.

Victoria tog sin tillflykt till köket, där hon kröp upp i läsfåtöljen. Den hade han i alla fall inte suttit i än. Eller det kanske han hade, när hon var ute och skottade? Frånvarande strök hon handen över håret, och blev för första gången på väldigt länge medveten om tovorna. Vad var det Alexander hade sagt? *Du ser ut som de flesta, men med lite trassligare hår.* Vägskälet visade sig igen och utan att tänka efter så mycket reste hon sig och gick till badrummet. Borsten borde ligga där någonstans.

* * *

Alexander blev snabbt uppslukad av boken, och noterade endast förstrött att Victoria rörde sig i huset. Katten kom bort till soffan och låg spinnande och varm tätt intill hans lår, foten kändes bättre och på det hela taget hade han det rätt bra. Att Victoria riktat en gevärspipa mot honom kvällen innan hade han nästan glömt, nu när hon börjat visa både sin omtänksamma och humoristiska sida. Det var mycket svårt att förstå att det bara hade gått nio timmar sedan han vaknade på köksgolvet ... På ett sätt var det lite synd att han snart skulle åka hem. Projektet som hittills tagit honom från vapenhot till njutbar läsning i vardagsrumssoffan var det mest intressanta han ägnat sig åt på flera månader.

Efter ännu ett par kapitel knackade det på dörrkarmen. Han tittade dit, och blev glatt överraskad när han såg att Victoria bytt ut koftan mot en stickad tröja i mossgrönt. Hon hade duschat och det ännu våta håret var kammat och struket bakom öronen. Kinderna var rosiga och hon höll kvar blicken betydligt längre än tidigare. *De där ögonen. Jag har aldrig sett något liknande.*

"Jag tänkte att du kanske också skulle vilja duscha, medan jag fixar lunchen?"

"Skojar du? En dusch hade varit underbart." Han suckade teatraliskt. "Men det går ju tyvärr inte, för mitt straff var att läsa ända tills du hade maten klar."

Det lockade fram hennes leende igen, och en ingivelse bubblade upp. Han skulle vilja lägga handen på den där rosiga kinden, med tummen mot mungipans vinkel. *Vad i all världen kom det där ifrån?*

"Duschen beviljas, på villkor att du återvänder till läsningen direkt efter maten. Jag har lagt fram ett badlakan och lite kläder som du kan få låna om du vill. Såvida du inte har mer kläder i Skalmanryggsäcken?"

"Mitt klädförråd är så gott som uttömt, så jag lånar gärna några plagg av dig. Även om de förmodligen är lite väl små."

"Äh, de är inte mina så klart." Hon tvekade lite men fortsatte: "De tillhörde min morfar, så de är inte så moderna precis. Men kläders syfte är väl att värma och skyla, och det borde de duga till i alla fall."

Alexander tog sig upp ur soffan och bort till badrummet, nyfiken på att se plaggen hon erbjudit honom. För att värma och skyla sig? Nej, kläder var mycket mer än så. Det var ett intresse, ett sätt att utrycka sig och förstärka sin personlighet. Kläder handlade om tygkvaliteter, färgkombinationer och rätt plagg och snitt för den egna, unika kroppen. Mode var en konst, som han uppskattade och dessutom var bra på. Men han hade ännu inte lärt sig att utföra mirakel, så han hoppades innerligt att Victorias morfar haft någon form av stilkänsla.

* * *

Alexander blev kvar länge i badrummet, så när maten var klar fick Victoria gå för att hämta honom.

"Har du svimmat där inne?" ropade hon vid den stängda, men olåsta, dörren.

"Nästan."

Alexander öppnade dörren långsamt. Det första hon fick syn på var hans arm, där alldeles för mycket av handleden syntes. Både skjortan och pullovern var en decimeter för korta i ärmarna. Minst. När benet kom fram i dörröppningen visade det sig var lika illa ställt där med längden, och han hade fått dra åt skärpet så hårt att byxlinningen veckade sig som på en clown. Ovanför skärpet hängde pullovern som en säck och skjortkragen var för trång för att han skulle lyckas knäppa den. Alexander såg inte bara missnöjd ut. Minen var olycklig, som om han på riktigt led av hur han tog sig ut.

"Tack för omtanken, men jag tror att jag byter om igen. Hellre gårdagens svettiga underställ än det här ..."

"Äh, sluta fåna dig och kom och ät nu. Det blir omelett med svampstuvning."

Han sken upp, en aning, och lomade haltande efter henne mot köket.

"Hoppas att det var okej att jag tog av din duschtvål och schampo, förresten."

"Klart att det är", sa hon över axeln. "Du må ha svårt för att skiljas från ditt svettiga underställ, men jag föredrar helt klart din nya doft. Röda rosor med toner av instängd garderob."

39

Alexander berömde och njöt av maten även denna gång, och imponerades stort när hon berättade att det inte bara var svampen som var egenplockad, utan att äggen kom från hennes hönshus. Han blev så intresserad att hon fick lov att berätta om potatislandet, trädgårdslanden, växthuset, bärbuskarna och äppelträden också, under en strid ström av följdfrågor. De satt kvar vid bordet långt efter att tallrikarna tömts.

"Har du en sån där matkällare också? Jordkällare, kanske det heter? En som är utgrävd i en liten kulle."

"Ingen kulle med jordkällare, men väl en matkällare. Under köket."

"Vad då, här nere?" sa han och tittade mot golvet. "Hur kommer man dit?"

"Det finns en lucka mitt i golvet, under mattorna. Vill du se?"

"Om det inte är allt för mycket besvär, så gärna."

Victoria bar tallrikarna till diskbänken och rullade därefter undan trasmattorna. Hon drog i handtaget för att fälla upp luckan till det rektangulära hålet i golvet, och medan hon tände lampan närmade Alexander sig, ytterst försiktigt.

"Ser lite vådligt ut, det där", sa han och kikade ner. "Sitter stegen ens fast?"

"Nej, det tror jag inte. Men den har då inte glidit iväg än så länge i alla fall. Vad tror du om att jag tar upp lite vinbärsgelé, som vi kan ha till resterna av köttgrytan ikväll?"

"Förutsatt att du själv kommer upp välbehållen, låter det som en bra idé. Men riskera inte livet för mina smaklökars skull."

"Ha, det här är väl ingenting. Du skulle ha sett förra vintern, när det kom så mycket snö att jag var tvungen att gå upp och skotta av taket."

"Skotta det här, tokhöga taket? Jeez. Hade jag varit här då skulle jag inte ens ha vågat titta på."

"Jaså? Inte erbjudit dig att ta över sysslan? Och jag som tagit dig för en gentleman."

Alexander skrattade till. "Nog för att det är mycket jag kan tänka mig att göra för en kvinna i nöd, men där hade jag nog fått göra dig besviken. Höga höjder sätter tyvärr min ridderlighet något ur spel."

Victoria klev nedför stegen, tacksam för att komma ur synhåll. Kinderna hettade och hon visste inte om hon var generad eller smickrad. *Kvinna*. När hade någon benämnt henne så? Aldrig.

* * *

Victoria ställde en liten glasburk med klarrött innehåll vid källarkanten, men dröjde sig kvar halvvägs upp i stegen.

"Vad tror du ... om att jag skulle hämta upp rödvin också? Till middagen."

"Vin till goda middagar är alltid en bra idé, om du frågar mig."
Han vågade sig lite närmare det gapande hålet. "Vad då, har du
en vinkällare där nere också?"

"Nja, men jag har en rätt stor hylla i alla fall. Jag beställer hem
vin från Tyskland, lagligt om du undrar, och då är det smidigast
att beställa mycket på en gång."

"Aha. Ja, hemkörning känns ju som ett fenomen i din smak."

"Oh, ja. Allt som jag inte producerar själv har jag internet och
lastbilar att tacka för."

Alexander lade sig på knä och försökte titta längst in i källaren,
där den där vinhyllan hägrade. Det lilla han kunde se såg mycket
lovande ut. Men tusan också, han hade ju velat läsa på etikett-
erna.

"Du får gärna välja, men då måste du nog komma ned först."

"Jag får väl ta och göra det. Men det räcker med en kroppsskada
den här veckan, så du får gärna hålla i stegen medan jag klättrar
ner."

Stegpinnarna gnekade oroväckande under hans tyngd och det
var krångligt och smärtsamt att klättra med en och en halv fot.
Men ner kom han.

"Titta", sa Victoria och nickade menande mot det låga taket.
"Du når upp med handen."

Mycket riktigt. Han kunde nästan lägga hela handflatan mot de
ohyvlade bräderna. Alexander ryckte urskuldade på axlarna och
hon klev flinande åt sidan så han kunde passera i det långsmala

utrymmet. När han befann sig just intill bubblade ännu en ingivelse upp. En att dra till sig Victoria med ena armen, pussa henne på pannan och tacka henne. För vad visste han inte riktigt. *Ett oönskat, fysiskt närmande i en källare? Hon skulle förmodligen plocka fram geväret igen ...*

* * *

Alexander verkade ännu större när han befann sig i det begränsade utrymmet och hon förstod inte hur hon kunde känna sig så lugn. *Ensam i en källare med en främmande man, och då först känner jag mig trygg i andras sällskap? Vad har du att säga om det, Freud?* Han stod med ryggen mot henne, lätt framåtböjd och djupt försjunken i vinflaskornas etiketter, och hon hade inget annat att göra än att luta sig mot en välfylld hylla och titta på. Hon studerade hur Alexanders hår mötte skjortkragen, och lät sedan blicken vila vid skuldrorna och vandra vidare nerför ryggen. När hon nådde fram till den hopsnörda byxlinningen fick hon anstränga sig för att inte skratta till, men anfallet gick över när hon kom längre ner. Hur skulle det kännas att vidröra honom? Klämma lite?

"Den här tror jag på." Alexander vände sig om med en flaska i handen, och hon hoppades att hon inte såg lika ertappad ut som hon kände sig. "Har du provat det här vinet förut?"

Hon skakade på huvudet. "Nej, den är ny."

"Jag tänkte antingen den eller den där riojan du hade. Båda borde passa bra till hare."

Det susade på ett underligt vis i kroppen, förmodligen av närheten till både risker och lockelser. Så här lättsinnig hade hon nog aldrig känt sig förut. Inte ens med vinet inuti kroppen.

"Ta båda, vet jag."

Alexander drog ut den andra flaskan också, slog dem klingande mot varandra och räckte henne den ena.

"Det, kära vinkällarinnehaverska, var det bästa förslag jag hört på länge."

När de kommit upp ur källaren återgick Alexander till sin läsning i vardagsrummet, vilket gav Victoria lite tid att samla sig. Vad var det egentligen som hade hänt där nere i källaren? Och innan dess, för den delen. Vad var det med den där mannen som gjorde henne så benägen att flytta sina noga uppdragna gränser? *Det kanske var meningen att han skulle komma hit? Just han till just dig.* Victoria fnös åt sig själv. Mer specifikt åt den ohälsosamt romantiska del av henne som förmodligen närts av alltför många Nora Roberts-romaner. Det spelade ändå ingen roll. Imorgon skulle Alexander åka härifrån, och sen skulle hon aldrig höra av honom igen.

* * *

Förutom en kort toapaus sträckläste Alexander boken, och rätt vad det var tog den slut. Hans första reaktion var en önskan att gå och leta reda på nästa del i serien, men magen och klockan påpekade att det borde vara dags för middag. Tanken på köttgrytan de skulle få avnjuta, denna gång med högklassigt vin därtill, avgjorde saken. Han sträckte på ryggen, stel efter alla timmar i soffan, och tog sig bort till köket.

I köket var det kallt, tyst och tomt. Victoria stökade inte omkring därinne, som han hade trott att hon skulle göra, inga kastruller puttrade på spisen och brasan hade slocknat. Undrande såg han sig om i rummet, och fick då syn på henne. I kökssoffan, djupt sovandes. Han såg ingen anledning att väcka henne utan började, så tyst han bara kunde, förbereda middagen.

När Victoria slutligen rörde på sig hade potatisen nästan kokat klart. Grytan var värmd och brasan tänd, katten matad, bordet dukat och riojan uppkorkad.

"Sovit gott?"

Victoria satte sig tvärt upp och stirrade oförstående på bordet.

"Har jag sovit? Jag skulle ju bara ..."

"Ingen fara." Alexander stack fast en sked i geléburken och ställde den på bordet. "Jag tog hand om det som behövde göras, så vi kan snart äta."

Victoria gned sig i ansiktet och rättade fumligt till kläderna. "Varför väckte du mig inte?"

"Du såg ut att sova så gott. Och du har dessutom gjort så mycket för mig, så det känns bra att få göra något i gengäld."

"Tack, men det hade du inte behövt", mumlade hon och reste sig. "Ursäkta mig, jag måste gå och tvätta bort sömngruset."

* * *

Victoria fyllde händerna med kallvatten och blaskade det i ansiktet. *Du somnade? Det befann sig en annan människa i ditt hem och du sov? I flera timmar! Herregud. Vad är nästa steg?* Hon kämpade mot impulsen att gå en kontrollrunda genom huset, men insåg snart att det var lönlöst att motsätta sig. Hur skulle hon annars kunna sätta sig ner och äta?

Victoria började med övervåningen. Hon kontrollerade att sandkornen hon strött på handtagen låg kvar, först en gång och sedan en gång till, innan hon gick ned igen. Det låsta skåpet i vardagsrummet föreföll också orört och nyckeln fanns kvar där hon gömt den. Alexander hade kanske verkligen bara läst och lagat mat? Något lugnad gick hon tillbaka till köket.

"Mmm ... Det doftar underbart."

När Alexander tittade upp från potatisen var det med uppenbar stolthet, så hon kunde inte låta bli att tillägga: "Jag bara måste få receptet sen!"

Med ett garv, som nog var en smula förläget, ställde han fram maten på bordet. Därefter gjorde han något som i ett slag förvandlade henne till den förlägna i sällskapet. Drog ut hennes stol.

"Oj", var det enda hon fick ur sig.

Det är ett trick. Han har fått dig att börja lita på honom, väntat på det ögonblick när han kan sätta dit dig ordentligt. Ta inte risken. Det kommer att sluta med att du ligger på golvet, medan han skrattar och skrattar och skrattar åt dig.

Alexanders leende gled över i en frågande min. "Inte?" Han såg forskande på henne, innan han ryckte på axlarna och släppte stolen. "Jaha, då får du väl dra ut min stol istället då."

"Va?"

"Ja, jag tycker verkligen att lite gammaldags artighet skulle passa så bra nu, när vi är i ett antikt hus och allt. Visserligen hade jag väl förställt mig att jag skulle vara den chevalereska av oss, men jag är inte sämre än jag kan ändra mig."

Victoria fnissade till och kände hur hon slappnade av, både kroppsligt och känslomässigt. Hon stegade fram till den andra stolen och drog bugande ut den. Alexander skred dit, tackade henne med en värdig nickning och ställde sig i halvsittande position tills hon fått stolen på plats. När han sjunkit ned på sitsen avslutade hon den lilla charaden med att lägga händerna på hans axlar. Utan att tänka. Det var först när hon såg sina händer ligga där som hon insåg vad hon gjort. Fortfarande gjorde. Hastigt ryckte hon undan dem, svärandes inombords.

"Förlåt", andades hon och gick runt bordet till sin egen plats. Hon såg ur ögonvrån att Alexander tittade på henne, men vågade inte möta hans blick.

"Vad vill du att jag ska förlåta dig för?" sa han efter en stund.

"Hällde du ut något där bak?" Han drog fram ena axeln och undersökte den kritiskt. "Loppor, kanske? Eller hårlöss? Usch, bara inte hårlöss! Det är bland det värsta jag vet. *Nästan* lika illa som höga höjder. Så jag är ledsen, Victoria. Om jag har åkt på hårlöss igen kommer det att dröja väldigt länge innan du blir förlåten."

Victoria skakade på huvudet, förbluffad över att fnisset kom tillbaka så lätt. Hon vågade till och med titta upp från sin tomma tallrik. "Igen?"

"Du skulle bli förvånad över hur ofta en populär lågstadie-lärare blir smittad av både det ena och det andra", log han. "Den lilla detaljen berättade de aldrig om på lärarhögskolan."

"Men du trivs med ditt jobb?"

"Ja. Bortsett den ibland överhängande risken att smittas av hårlöss eller springmask, älskar jag jobbet. Själv? Trivs du med det du gör?"

Om jag inte hade haft min konst hade jag blivit galen. Det mörka och tunga hade ätit upp mig. Slukat mig hel. Målningen är det som håller ihop mig. Mitt ljus i mörkret. Och när du är borta kommer jag att måla dig, Alexander. Om och om igen.

"Ja, det gör jag."

* * *

Alexander fyllde på Victorias glas under middagen och såg hur hon gradvis slappnade av. Blicken blev stadigare, kroppsspråket yvigare, leendena bredare och skämten fler. Han förstod fortfarande inte varför hon nästan sett rädd ut när han dragit ut hennes stol, men han skulle se till att finna svaret på gåtan. Han ville lösa alla hennes gåtor. *De enklaste först.*

"Hur kom det sig att du blev illustratör?"

Svaret kom direkt, trots att frågan sorterade under personligt.

"Jag har tecknat och målat hela livet. Det var alltid min dröm, att kunna försörja mig på min konst. Sedan hade jag tur. Jag hade en lärare i gymnasiet som jag visade några teckningar för. Hon kände en som ägde ett galleri, så jag fick delta i en utställning. Ett litet bokförlag kontaktade mig för ett litet uppdrag, vilket ledde till att jag fick större uppdrag av ett betydligt större förlag. Så jag har som sagt haft tur."

"Inte bara tur. Jag har sett några av dina verk, som du kanske minns ... De är fantastiska, Victoria. Helt fantastiska."

Hon tog rodnande en klunk av vinet. Alexander skymtade hennes leende genom glaset och ansåg det säkert att fortsätta.

"Gör du annat än illustrationer? Vanliga tavlor, kanske?"

Victoria nickade kort. "Ja, men de får ingen se."

"Varför inte?"

Hon torkade sig om munnen med tummen. "Det skulle vara som om … en författare publicerade sin dagbok. För privat."

"Jag förstår." Den dörren var uppenbarligen stängd, men ett infall fick honom att ändra spår. "Är det något du vill veta om mig, förresten?"

Hon skrattade till. "Vad då, lovar du att svara på vilka frågor som helst?"

"Kanske. Prova."

"Okej, få se då …" Hon snurrade vinglaset medan hon funderade. "Då börjar jag med den här … Varför var du ute på skidtur i skogen, ensam, mitt i julhelgen?"

Alexander började redan ångra sitt tilltag, men bestämde sig för att berätta det verkliga skälet. *I'll show you mine if you show me yours …*

"Jag firade julafton hemma hos min pappa, med mina två systrar med familjer. Som jag alltid gör. Juldagen däremot har jag i sju års tid spenderat med min flickvän Gabriella, hemma hos hennes föräldrar. Men vårt förhållande tog slut i våras, så den traditionen blev av förklarliga skäl bruten i år … Jag pallade inte med att vara hemma, så jag såg till att hålla mig aktiverad."

"Varför tog det slut?"

Den närgångna frågan fick honom att rycka till.

"Jag fattar", sa hon lugnt. "För privat. Men du sa att jag skulle prova."

"Det sa jag." Han suckade. "Vad säger du om att vi gör en deal? Jag svarar på den frågan, så berättar du något lika privat i gengäld."

Victoria tvekade, men inte länge. Hon kopierade hans suck och tömde det sista ur glaset.

"I så fall behöver jag mer vin."

"Jag med. Helt klart. Få se nu ... vart ställde jag den där andra flaskan?"

* * *

Victoria var inte speciellt berusad, i alla fall inte än. Men ändå kände hon sig förändrad. Just nu, just ikväll, var hon någon som nästan såg fram emot att svara på ingående frågor. Hur var det möjligt? Kanske var det för att hon visste att de bara hade den här enda kvällen tillsammans. I otaliga böcker och filmer förekom det att folk berättade högst privata angelägenheter för främlingar, både i taxibilar och vid bardiskar. Kanske var det här samma fenomen?

"Jag ... hm ... kollade ju lite på din telefon förut", kände hon sig tvingad att säga. "Så jag har ju sett hur hon ser ut och så. Gabbi."

Alexander smuttade på det nya vinet och nickade sakta. "Gabbi. Jag har aldrig gillat det smeknamnet. Det låter så ... fjortisaktigt. Jag och pappa var nog de enda som sa Gabriella."

"Hur träffades ni?"

51

"På lärarutbildningen. Hon läste till fritidspedagog, så vi hade en kurs ihop. Sen träffades vi på en fest och det visade sig att vi hade gemensamma bekanta. Klassiskt."

"Så då utbildade du dig rätt sent?"

"Ja, jag vikarierade som outbildad först. Jag brukade tänka att det var tur att jag pluggade först då. Annars skulle jag kanske inte ha träffat henne." Han försjönk i tankar ett tag, men tog sedan en klunk och fortsatte. "Hon är rätt mycket yngre än jag, men alla sa att vi passade så bra ihop. Och det gjorde vi också. På alla sätt utom ett, skulle det visa sig ..."

Alexander tystnade igen, och Victoria fick hålla sig från att skynda på honom. Kvällen var så kort. Hon ville inte att tiden skulle gå åt till tomrum.

"Vi pratade tidigt om barn", sa han dovt. "Hon hade alltid drömt om en stor familj, och jag ville väldigt gärna ge henne det. Så när vi gått ut och fått våra anställningar började vi försöka. Men hon blev inte gravid. Efter ett år sökte vi hjälp, och efter en lång rad av undersökningar visade sig att det var något fel. På mig. Chansen att vi någonsin skulle kunna få barn på naturlig väg var obefintlig, så vi ställde oss i kö för IVF. När det sedan, efter lång väntan, blev vår tur, stod det snart klart att det inte skulle fungera. Det som behövdes var en donator." Han skakade på huvudet. "Fattar du? Min enda chans att bli pappa var att bli det till *någon annans* barn. De ville stoppa in någon annans *sperma* i min flickvän!" Grimaserande gned han sig i pannan. "Jag försökte förlika mig med det, för Gabriellas skull. Men det gick inte. Jag var för rädd att jag inte skulle kunna ta till mig barnet som jag borde. Att jag skulle haka upp mig på någon olikhet, och sedan bara kunna tänka på den biologiska pappan varje gång jag såg mitt barn. Sabba anknytningen. Det var en risk jag inte vågade ta, så ... jag sa till Gabriella att jag inte kunde ge henne den familj jag lovat henne."

"Och då lämnade hon dig?"

"Ja. Inte direkt, men ... ja. Vi har knappt hörts av sen vi flyttade isär."

"Aj. Låter som ett par rejält tuffa år ... Och sen? Har hon träffat någon ny?"

"Jag tror det. Syrran hade träffat henne med nån snubbe i höstas, i alla fall. Men det är okej. Livet går vidare, antar jag." Han log sorgset och höjde glaset. "Skål för den, avslutade historien." Efter de druckit tillade han: "Så, Victoria. Nu är det din tur att besvara min fråga. Den om hur det kommer sig att du gömmer dig här ute i skogen."

* * *

Victoria drack ett halvt glas vatten, mest för att samla tankarna, och försökte låtsas att hon satt mittemot en vilt främmande människa i en rökig bar.

"Min storebror var väldigt bra på hockey", började hon trevande. "Till mina föräldrars förtjusning. De var båda engagerade i hans lag och det var träningar, matcher och cuper hela tiden. Däremellan var det annan sport att se på, gym att besöka eller löprundor att avverka ... Mig, dottern som inte alls förstått vitsen med sport, hade de sällan någon tid för. Så jag målade, läste och pluggade. Helgerna och loven spenderade jag ofta här i huset, hos min morfar. Vi var väldigt nära. När han dog testamenterade han huset till mig, och så snart jag kunde försörja mig flyttade jag hit. Jag har bott här sedan dess."

Alexander rynkade pannan. "Ett försummat barn, säger du? Ja, det förklarar en del. Men inte allt. För du inte bara *bor* här. Du *gömmer* dig här. Du ville inte ens visa mig ditt ansikte först. Varför?"

Victoria bet sig i läppen, med ens väldigt medveten om att han tittade på henne. Hon velade om huruvida hon skulle säga sanningen, och känslan påminde väldigt mycket om den hon haft när hon som barn tog sats inför att doppa sig i sjön. Det var gruvsamt innan, eftersom själva doppningen var en plåga. Men det var värt att ta steget, för det blev alltid skönt efter ett tag. Alltid. *Ett, två, tre, på det fjärde ska det ske. På det femte gäller det, på det sjätte ...*

"Jag blev retad i skolan, ända från lågstadiet. Eftersom jag är så ful. Vilket var ännu roligare att reta mig för då jag är uppkallad efter kronprinsessan ... Dessutom var jag en plugghäst och gjorde alltid bort mig. Sa fel saker, snubblade och så där. Det blev bättre i gymnasiet, när jag fick en ny klass, men så snart jag fick chansen att dra mig undan tog jag den. Det var därför jag flyttade hit. Det här huset är det enda ställe där jag kunde känna mig säker."

Alexander satte ned glaset och såg på henne med stora ögon.

"Var du utsatt för mobbing under hela grundskoletiden? I nio år! Varför gjorde inte skolan något?"

"Det ... var nog ingen av lärarna som riktigt förstod vad som försiggick. För jag berättade inte om vad som hände. Inte för någon."

"Men de måste väl ha anat något?"

"Jag vet inte. Men jag vet att de ibland gjorde saker och ting värre. Som i fyran, när fröken läste upp min berättelse för klassen. *Bara* min, eftersom hon tyckte att den var så bra ... Jag önskar att hon hade frågat mig först, så jag haft en chans att stoppa henne. För efter det lades 'frökens gullegris' och 'smörare' till listan ... Jag vågade aldrig skriva en bra berättelse i skolan igen, efter det där."

Alexander gav henne en medkännande blick. Sedan sträckte han sig mot hennes hand, vilken krampaktigt höll om vinglasfoten. Innan han vidrört henne stannade han upp, som för att be om tillåtelse. Med en hisnande känsla stirrade hon på hans hand, utan att andas och utan att dra sig undan. *Händer det här på riktigt?* Ett par hjärtslag senare omslöt den stora handen hennes med sin torra värme och hon blev tvungen att sluta ögonen.

"Det gör mig ont att höra hur hemskt du haft det", sa han lågt. "Jag önskar att jag kunde åka tillbaka i tiden och förhindra att du blev utsatt för allt det där. Tyvärr går det inte ... Men jag är här nu. Och även om det är många år för sent, så säger jag det ändå och hoppas att det kan läka någon liten del av skadan." Han kramade lätt hennes hand. "Victoria, det är inget fel på dig. De fick dig att tro att det är det, men det stämmer inte."

En oväntad snyftning for genom kroppen och hon knep ihop ögonen ännu mer. *Det är för mycket. För mycket för att vara sant.*

Alexander lösgjorde, finger för finger, glaset ur hennes grepp. Förmodligen av rädsla för att hon skulle välta ut det. Vilket var befogat. Hur många mjölkglas hade hon spillt över skolmatsalsbord? Tiotals. Men Alexander ställde inte bara glaset utom räckhåll och lade ned hennes hand på bordet. Han lät sin egen hand vila över den. Rörde vid henne, trots att han inte behövde. Victoria tittade upp under lugg.

"Jag var som sagt inte med när du var barn", sa han stilla, "men jag har många år i lågstadiet, som vuxen. Och jag har varit med om att barn hackar på andra, bara för att de lyckas bättre med något. Av avundsjuka, helt enkelt ... Så om du tänker tillbaka på dina värsta plågoandar, där i fyran. Var de själva bra på att skriva berättelser?"

Vid minnet sprakade en liten gnista av glädje, eller rättare sagt skadeglädje, till.

"Skojar du? De sög på att skriva. Deras berättelser innehöll lika många utropstecken som bokstäver och slutade alltid med att alla dog."

Alexander nickade, med ett snett leende på läpparna.

"Där ser du. Och jag slår vad om att alla tjejerna hade gjort vad som helst för att byta ögonfärg med dig. Eller, ja, det gällde säkert killarna också. Jag hade då gärna bytt mina blågråtråkiga mot dina sagosmaragdgröna."

Med hettande kinder slog hon ned blicken.

"Sagosmaragdgröna? Är det ens ett ord?"

"Ja, nu är det det. Jag hittade på det just nu. Åt dig."

"Hm ... tack", klämde hon fram, än mer förlägen.

"Ingen orsak. Kom nu ihåg att säga och skriva det ofta. Ord är som jeans. De blir bättre ju mer de används."

Medan Victoria famlade efter något fyndigt att säga började Alexanders telefon ringa. Han släppte hennes hand för att ta upp telefonen ur fickan, och hon saknade hans värme när den plötsligt var borta.

"Det är syrran. Jag ska bara prata med henne tvärt", upplyste han och tryckte fram samtalet. "Hej och god fortsättning! Allt väl?"

Systern pratade på ett tag, innan Alexanders nästa replik kom.

"Nej, jag var ute på en lång skidtur igår. Mest för att ha något att göra." Han blinkade konspiratoriskt mot Victoria och fortsatte: "Idag har jag njutit av en god bok, och nu i afton njuter jag av god mat, gott vin och trevligt sällskap. Så det går ingen nöd på mig."

Kort därefter avslutade Alexander samtalet.

"Ursäkta. Hon ville bara kolla läget." Han la bort telefonen och slog ihop händerna. "Var var vi?"

Victoria hade en klump i bröstet. En varm. *Var det så här det kändes att vara prioriterad?*

"Jag vet inte riktigt", log hon. "Jag tror att du kanske var på väg att ge mig ett gott tvättråd, eller nåt."

Alexander skrattade sitt underbara skratt och själv log hon så brett att det stramade i läpparna. *Det är* jag *som får honom att skratta så där.*

"Nej, tyvärr", skrockade han. "Att tvätta är nog det tråkigaste jag vet, så några tvättråd har jag inte åt dig. Men om du vill ha några skönhetsråd står jag gärna till tjänst. Mina storasystrar använde mig som ett sånt där smink- och frisyrhuvud när jag var liten grabb, så jag gick kursen tidigt. Sen när jag var tio eller så, var det istället jag som började sminka och frisera dem. Och deras kompisar. Och kompisarnas mammor. Jag höll på ett par år och jag var för jäkla bra på det, faktiskt. Hade inte killarna i fotbollslaget varit på mig så mycket om det, hade jag nog fortsatt. Som det blev nu, var det bara syrrorna jag fortsatte hjälpa."

"Inte Gabriella?"

Alexanders leende bleknade. "Nej, aldrig Gabriella ... Hon ville sminka sig själv."

Victoria visste inte hur hon skulle gå vidare där, så hon lät det vara. Men hon gjorde en mental anteckning om att Gabriella tydligen inte alls varit så perfekt för honom som han nyss sagt. "Sminkning, säger du?" sa hon istället. "Blir nog lite svårt att genomföra, då jag inte äger något smink. Men du kanske kör old school, a'la Egypten? För sot har jag i kaminen och behöver du flugben till lösögonfransar så har jag några döda flugor på lager mellan fönsterglasen i ateljén."

"Victoria! Uäh, så äckligt." Han fejkade en kväljning som övergick i ett skratt. "Nu kommer jag ju att börja tänka på uttorkade flugor varje gång jag ser en lösögonfrans! Tack för den."

"Ingen orsak. Men vad kan du ge mig för skönhetsråd annars då? Som inte är sminkrelaterade?"

Han lutade sig bakåt i stolen och synade henne noga. "Du har ju redan borstat och fått undan håret, och bara det var en stor förbättring. Sen tror jag nog att en annan, lika enkel sak, skulle göra en ännu större skillnad ... Kan du prova att räta på ryggen och dra bak axlarna?"

Victoria ställde ned glaset, la händerna i knät och satte sig upp rakare. Med höjd haka rullade hon bak axlarna, samtidigt som

59

hon andades in. Hon såg på Alexander för att få vidare instruktioner, men fick ingen ögonkontakt med honom. Han var nämligen fullt upptagen med att stirra på hennes bröst.

* * *

Alexander såg hur människan på andra sidan bordet, från ett hjärtslag till ett annat, genomgick en förvandling. Från puppa till fjäril. Från kutryggig gumma till stolt kvinna. Hon harklade sig, och med ett ryck insåg han vart blicken fastnat. Förläget tittade han upp.

"Jag trodde väl aldrig att jag skulle få tillfälle att säga det här till nån, men ... mitt ansikte är här uppe." Hon var rosa om kinderna, men såg förvånansvärt obesvärad ut. Snarare road.

"Sorry. Jag var inte beredd på att skillnaden skulle bli fullt *så* stor." Han chansade och tillade med en blinkning: "Eller på att du hade en sån där hylla."

Victoria försökte både fnysa och se förnärmad ut, men misslyckades med båda. Hon började istället omsorgsfullt skrapa sin tallrik, medan det ryckte i hennes mungipor.

"Jag tänkte gå ut till hönsen nu", sa hon när det inte fanns något mer att skrapa upp. "Plockar du undan från bordet under tiden?"

"Jadå. Jag kan sätta på kaffe också, efter jag förberett för nästa steg i din förvandling. Den här gången blir det dock lite av lida pin för att bli fin, måste jag nog varna för."

60

Victoria gav honom en misstänksam blick, men protesterade inte. När hon, nästan helt rak i ryggen, gått ut från köket, tog han genast itu med städningen. För sedan var det äntligen dags att leta fram pincetten ... Det hade kliat i fingrarna så länge att han nästan bubblade av förväntan. Ett par välformade bryn till de där ögonen? Det skulle bli helt enormt bra.

När Victoria kom tillbaka, med en liten korg med ägg, hade han diskat undan allt och förberett både för kaffekokning och ögonbrynsplockning.

"Var så god och sitt", sa han och visade på en av stolarna han ställt mitt emot varandra på golvet.

"Nu?" Victoria sneglade mot kaffepannan då hon ställde korgen på köksbänken, men han kunde bara inte vänta längre.

"Ja, nu. Bättre göra plågan kort och så vidare."

"Plågan?" Hon såg sig omkring. "Vad är det du tänkt göra egentligen?"

"Bara plocka dina ögonbryn." Han klickade med pincetten i luften. "Eller du kanske är för feg?"

Den här gången åstadkom hon en liten fnysning. Hon tog ett par klunkar ur sitt vinglas och satte sig på stolen med armarna i kors.

"Bra", sa han och placerade sig själv mitt emot. Han lutade sig fram och höll hennes haka med ena handen medan han måttade ut vinklarna med hjälp av pincetten. När han gjort upp planen drog han, koncentrerad och belåten, ut de första stråna.

"Det gör ju skitont", väste Victoria, men han log bara till svar.

* * *

Victoria var både yr och en aning svettig. Alexander var så nära. Insidan av hans lår tryckte mot utsidan av hennes knän. Hans långa fingrar omslöt hennes haka och ansiktet var så tätt intill att det tycktes fylla hela hennes synfält. *Tur att han bett mig blunda.* Men hon kunde känna värmen från hans lår och händer. Anade doften av honom under den välbekanta schampolukten. Anspänningen var så stark att de korta, brännande smärt-impulserna var ren lindring.

Men det kunde hon ju inte gärna säga till honom.

* * *

När Alexander var klar betraktade han nöjt sitt verk. Det blev, precis som han trott, helt enormt bra. Han strök med tummarna över brynen en sista gång och avslutade med att låta fingertopparna följa konturerna av hennes ansikte, från tinningarna och ned till hakspetsen. Varför visste han inte riktigt. Så hade han då aldrig satt punkt för en plockning förut.

"Så där. Nu är det klart."

62

Victoria öppnade ögonen, och trots att han varit förberedd den här gången drog han nästan efter andan ändå. Han kunde uppfatta varje skiftning i den smaragdgröna irisen, och insåg då hur nära de satt. Han kände hennes ben mellan sina och förstod att hon förmodligen varit väldigt obekväm med situationen. När han flyttade undan kunde han nästan se hur hon andades ut.

"Jag skulle vilja visa dig resultatet. Har du någon spegel?"

Victoria skakade på huvudet. "Nej, jag har aldrig ägt någon. Har aldrig sett någon anledning till det heller."

"Men nu har du fått en anledning", sa han och la pincetten i hennes hand. "Du ska ju hålla ögonbrynen i trim, och det är betydligt lättare om du ser vad du gör."

Hon vände och vred på det lilla verktyget. "Varför hade du med dig den här, förresten?" Alexander mumlade något om stickor, men hon granskade honom ingående och satte upp ett finger i luften. "Ånej! Jag må vara en novis när det gäller skönhetsvård, men jag har sett nog många karlar på bild och film för att veta att ögonbryn inte ser ut så där av sig själva. Erkänn att du plockar dem."

Alexander skrattade till och la armarna i kors.

"Ja, okej, jag erkänner att jag groomar. Tycker du att det är något fel med det?"

Frågan var ställd i lättsam ton, men när orden var uttalade insåg han att svaret var viktigt för honom. Att det spelade roll vad hon tyckte. *Är du som Gabriella, Victoria?*

"Jag är konstnär", sa hon enkelt. "Jag använder olika verktyg och metoder för att förbättra mitt resultat, och det du gör är väl på sätt och vis samma sak. Så nej. Jag tycker inte att det är något fel."

Lättnaden måste ha varit lite väl uppenbar, för hon gav honom ännu en granskande blick.

"Vad då, är det folk som tycker att det är fel att du bättrar på ditt utseende?"

Hälften av produkterna framme i badrumsskåpet. Resten gömda i garderoben i hallen, tills Gabriella åkt till jobbet och jag kunde göra mig klar i fred. Den diffusa känslan av skam, när det egentligen inte fanns något att skämmas för.

"En del anser nog att det är en typ av fusk."

"Ha! När det finns saker som trosor med silikoninlägg? Eller gelénaglar och lösögonfransar."

Victoria kisade mot honom. "Har du lösögonfransar, förresten? De är väldigt långa de där."

"Nej, det har jag inte", log han. "Men det händer att jag använder mascara."

Hon ryckte på axlarna och strök med fingertopparna över sitt högra ögonbryn. "Men du har ingen liten spegel med dig, alltså? Vad är du för en groomare, egentligen?"

"Nej, men jag kom just på en sak." Alexander drog fram mobilen och viftade nöjt med den. "Den här är inte bara ett fönster mot omvärlden. Den går att använda som en spegel också, om man tar ett kort."

"Ta kort?" Victorias axlar sjönk ner igen. "Jag är aldrig med på kort."

"Det är lugnt. Jag ska varken framkalla eller lägga ut kortet, så det är bara vi som kommer att kunna se det. Och jag kan radera det direkt efteråt om du vill. Okej?"

Hon knep ihop läpparna och funderade, men nickade efter en stund. "Okej. Om du raderar bilden sen."

* * *

När Alexander tagit en bild raderade han den och tog en ny. Även den förkastades. Han bytte vinkel, lurade henne att le och verkade till slut bli nöjd. Han fipplade med mobilen ett tag och höll sedan upp skärmen framför henne. Den visade en bild av ett inzoomat öga, liknande ett i en sminkannons. Förutom att det var osminkat, då.

"Men det där är ju inte jag", sa hon, en aning besviket. Varför försökte han luras?

"Inte?" Leende zoomade han ut bilden. Av bakgrunden och hårfärgen förstod hon rent intellektuellt att det var hon som var kvinnan på bilden, men känslomässigt kunde hon inte gå med på det. Det där kunde inte vara hon.

"Om du skulle vilja sminka dig, är mitt råd att gå på lila ögonskugga", sa han tankfullt. "Det skulle framhäva din ögonfärg ännu mer. Men ... något säger mig att du inte skulle passa i make up. Att du är finast precis som du är."

Victorias blick vandrade från mobilskärmen och bort till mannen som höll den. Han satt och såg på henne. Verkligen *såg* på henne. Generat slog hon ned blicken, men både minnesbilden och ilningen i magen dröjde sig kvar. Ett filmcitat flöt upp i minnet: *He looked at her the way all women want to be looked at by a man.* Hon ruskade på huvudet. *Skärp dig nu!*

"Ska vi koka det där kaffet och dricka det i vardagsrummet sen?" kastade hon fram, mest för att ta kål på den spända tystnaden.

"Visst. Bra idé."

Förutom kaffemuggarna plockade de med sig vinglasen och den öppnade flaskan till vardagsrummet. Lucifer lyfte lojt på huvudet där han låg mitt i soffan. Alexander satte sig precis intill och strök honom över ryggen.

"Vad heter din katt, förresten?"

Victoria svarade inte direkt, utan lade The Best of Kansas-skivan i stereon och satte sig med fjärrkontrollen i det andra soffhörnet. Det här var ett svar värt att dra på.

"Lucifer."

Alexander såg häpet upp. "Lucifer? Som den fallne ängeln?"

"Nej, som i den ursprungliga betydelsen. Morgonstjärnan."

"Venus? Är Lucifer ett namn på Venus?"

"Ja, på latin. Förkristen romersk mytologi."

Alexander såg från henne till katten och smackade med tungan.

"Där ser man! Men vad skönt att höra. För en sekund eller två var jag rädd att du var satanist och smidde planer på att använda mig i någon blodig rit."

Victoria anlade en beklagande min. "Och bara för att jag säger att katten heter Morgonstjärna tror du genast att du är säker? Oj, oj, Alexander ... Du är ju nästan lika naiv som Rödluvan."

"Nej, helt säker är man väl aldrig", flinade han. "Men Rödluvan, säger du? Visste du att i en version av den sagan äter Rödluvan av mormors kött och dricker av hennes blod? Visserligen ovetandes, men ändå?"

Victoria gjorde en grimas och slog ifrån sig med handen. "Nej, nu hittar du på."

"Det är sant! Och på tal om blod, så var den röda mössan en symbol för Rödluvans menstruation. Vargen var i sin tur en symbol för mäns våld mot kvinnor. Så flickor fick höra den där sagan för att de skulle hålla sig borta från främmande män."

"Så ... du vill alltså ha sagt att det är jag som är den naiva här?"

"Eh. Nej, det var inte så jag menade." Alexander kliade sig i nacken. "Jag tycker så klart att du gjorde rätt som släppte in mig."

"Men det gjorde jag ju inte", inflikade Victoria, road av sitt övertag. "Du tog dig in själv."

"Det har du tyvärr rätt i ... Men jag är glad att du lät mig stanna. För jag är ingen varg."

"Inte det? Varför har du så långa ben, då?"

"För att ... jag ska kunna åka skidor bättre?"

De skrattade båda två, men sen blev han allvarlig igen. "Men jag hoppas verkligen att du förstår hur tacksam jag är, Victoria. För allt du gjort."

Hon blev torr i halsen, men tvingade sig själv att svara. "Jag skulle vilja tacka dig också. För att du får mig att känna mig ... nästan normal."

Alexanders blick gjorde henne varm inombords. Varm och lite *... Ja, vad då? Snacka om klyschigt, men jag har aldrig känt så här förut.*

"Det verkar som om vi helt enkelt är bra för varann", sa han lugnt. "För jag mår, bortsett från stukningen, bättre nu än jag gjorde för ett par dagar sedan. Bättre än jag gjort på länge."

Victoria tog en klunk vin och ett djupt andetag. Hon var så nervös att hon kände sig tyngdlös och trodde egentligen inte att hon skulle våga säga det hon tänkte. Men hon gjorde det ändå, med tunn röst och blicken fäst vid Alexanders axel.

"Även om plogbilen kommer imorgon ... Skulle du vilja stanna en dag till?"

I samma stund som hon sagt det ångrade hon sig våldsamt. Hon fingrade på fjärrkontrollen och försökte formulera ett sätt att ta tillbaka orden. Ett sätt att fly tillbaka innanför skalet, där hon inte kunde bli sårad. *Hur dum får man bli? Varför skulle han vilja stanna här längre än nödvändigt? Med mig?*

"Ja, tack. Det gör jag gärna."

*　*　*

Alexander hade inte haft svårt att bestämma sig. Han hade det trevligt här, betydligt trevligare än vad han skulle ha haft hemma i den halvt möblerade lägenheten. Det var jullov, han hade inga förpliktelser och inget speciellt var inbokat. Polarna hade visserligen snackat om att träffas i mellandagarna, men inget var beslutat än. Han kunde stanna här. Han *ville* stanna här.

Victoria var fortfarande väldigt upptagen med fjärrkontrollen, men han hade sett hur glad hon blivit när han sagt att han skulle stanna längre. En liten skrattgrop hade framträtt i den rosiga kinden. Fullkomligt bedårande. Just då hade han önskat att katten inte legat i soffan mellan dem, så han kunnat ... *Ja, vad då? Hon vill inte att jag rör vid henne. Det är bara att lägga ner.*

"Visst är det Kansas vi lyssnar på, förresten?"

"Best of. Har du någon favoritlåt?"

"Ja, jag har alltid gillat Dust in the wind. Den var med på en blandskiva jag fick när jag var barn, och den fastnade."

Victoria vände sig mot honom och satte sig tillrätta med benen under sig.

"Intressant …", sa hon och pickade med pekfingernageln mot fjärrkontrollen. "Tolkar du den positivt eller negativt?"

"Texten? Vet inte … Jag har nog inte tänkt på den så mycket om jag ska vara ärlig."

"Inte? Men den är minst sagt tänkvärd, så du kan kanske lyssna noga på den nu, så kan vi diskutera den sen?"

Alexander gick med på förslaget och fick order om att blunda. Tillbakalutad mot soffkuddarna granskade han varje ord, och förundrades över att han lyssnat till texten så många gånger utan att faktiskt höra den. Hur var det möjligt att kunna sjunga med i en låt utan att inse vad man sjöng om?

När han öppnade ögonen igen föll blicken på ett uppförstorat, inramat foto av en praktfull rosenträdgård. Trots att tavlan satt mitt på väggen i ett rum där han tillbringat nästan hela dagen, hade han inte lagt ordentligt märke till det förut. *Vad är det mer jag har missat?*

"Det där fotot. Vad föreställer det?"

"Morfars rosenträdgård." Victorias röst hade en vemodig klang. "När den var som allra vackrast … Jag kan inte sköta den lika bra som han."

"Har du en rosenträdgård också?"

"Bakom huset. När morfar levde var den en visningsträdgård och det kom hela busslaster med folk hit, en del riktigt långt

70

ifrån. Den är som sagt inte riktigt lika fin längre, men morfar valde sorter utifrån både färg, form och doft så när rosorna blommar ... Det är en mäktig känsla, när sinnena samspelar sådär."

"Låter helt fantastiskt. Jag har alltid tyckt bäst om rosor, så jag skulle hemskt gärna vilja uppleva det där ... Tar du emot en besökare för en visning i sommar?"

Victoria såg helt oförstående ut.

"Ja, det finns ju inga blommande rosor att se på nu", log han.

"Eftersom det är vinter?"

"Menar du ... att du tänker komma tillbaka? I sommar?"

Förvirringen skingrades i ett försiktigt leende och han nickade bestämt.

"Jag vill ju även få se allt det andra du berättat om. Du vet trädgårdslanden, växthuset, fruktträdgården ... Hönorna med, för den delen. Och så måste jag ju kontrollera om du lärt dig bemästra pincetten jag gav dig."

Victorias ögon lyste, på ett nästan överjordiskt sätt, och han njöt av att se henne så glad. Efter alla gånger han gjort Gabriella besviken var det en befriande känsla att orsaka en sån reaktion.

Lucifer, som han däremot råkat försumma, ställde sig upp, sträckte på frambenen och hoppade ner från soffan. Avbrottet fick Alexander att återigen bli medveten om musiken och den uppgift han fått.

"Dust in the wind var det, ja ... Jo, jag har begrundat texten nu och om jag ska försöka tolka den positivt, är det väl att man inte behöver ta så allvarligt på misstag man gör. Vad gör det om hundra år, och så vidare. Både det vi gjort och vi själva ska ändå snart glömmas bort."

"Och det var den positiva tolkningen?" smålog hon.

"Det är svårt att baka biskvier av barkmjöl ... För det är en riktigt deprimerande låt, alltså. Egentligen vet man ju att man bara är en droppe i ett ändlöst hav, att vår korta tid är utmätt och att varje spår vi lämnar förr eller senare kommer att suddas ut. Men det är definitivt inget jag har lust att påminnas om ... Hm. Varför skrev någon den, ens?"

"För att tjäna pengar? Nej, skämt åsido, jag tror att det är bra att komma ihåg att även det längsta människoliv är väldigt kort."

"Hur då, tänkte du?"

"Ja, för att då är risken mindre att vi slösar bort vår tid, på att gnälla eller oroa oss, till exempel. Eller följa förnedrande dokusåpor och se på sport."

"Du gillar verkligen inte sport, du inte ..."

"Nej, inte efter att den slukat den tid mina föräldrar kunnat lägga på mig och vår relation. Istället la de den på min brors hockeykarriär. En karriär som han ändå la ner när han var sexton, av oklar anledning ... Tänk vilken nytta all den där tiden hade kunnat göra om den investerats bättre! Och tänk vilket samhälle vi skulle få om det inte var sportstjärnor som hyllas som hjältar, utan de som faktiskt gör något för att förbättra världen."

Alexander var tvungen att grunna på hennes ord innan han sade något mer. Så där hade han aldrig hört någon resonera förut. En värld utan sport? Tanken var minst sagt omtumlande.

"Men människokroppen behöver ju röra på sig", sa han tvekande. "Så sport är ju ändå bra till nånting."

"Ja, det säger jag ingenting om. Klart att folk ska motionera och ha trevligt tillsammans. Det är ju att investera i hälsa och välmående. Men den sport som visas på TV har inte mycket med välmående att göra ... Ta bara förslitningsskador. Dopning. Huliganer. Efterslängar och slagsmål. Tårar över att bara vara näst bäst *i världen*? Och boxning? Vad är det för idiotiskt påfund? Låta andra slå sönder den enda hjärna du har ... Jag blir helt matt bara av att tänka på det."

Det var uppenbart hur starka åsikter hon hade i frågan och Alexander bestämde sig för att inte bemöta dem. Av två anledningar. Ett: Han ville inte göra henne upprörd. Två: Han kunde för tillfället inte komma på några vettiga motargument.

"Så ingen sport för dig, alltså. Vad använder du din tid till istället?"

Han hade väntat sig att Victoria skulle svara med samma glöd som hon argumenterat med nyss, men hon tystnade och drack ur sin kallnande kaffemugg.

"Ja, vad gör jag för nytta med min tid?" sa hon till slut. "Lucifer är från ett katthem och hönorna är pensionerade industrivärphöns, så mina djur har jag i alla fall gett ett bättre liv. Men jag skulle vilja hjälpa människor också, som volontär på ett vårdhem eller liknande, eller som god man ... Men jag klarar inte av att vara bland folk. Så det går inte. Några gånger har jag skänkt tavlor till välgörenhetsauktioner, men det känns så futtigt. Det är ju min tid jag vill ge."

"Men på sätt och vis är det ju precis vad du gör, när du skänker bort en tavla. Ger bort din tid, sparad i ett konstverk."

Hon såg häpet upp från kaffemuggen, men nickade sedan.

"Det har du faktiskt lite rätt i. Det hade jag inte tänkt på."

"Tur att jag tänkte det åt dig, då. Det där är i alla fall anledningen till att jag värderar handgjorda saker så mycket högre än massproducerade. Sen är ju bonusen att det bara finns ett enda, unikt exemplar i världen. Som min kökssoffa, som min morfarsfar snickrat. Den är väl ingen klassisk skönhet, men slår ändå vilken designermöbel som helst. Lätt."

Victoria ställde ifrån sig muggen, ivrigt nickande.

"Där spelar ju även affektionsvärdet in. Men jag förstår vad du menar. När jag håller i saker som människor skapat är det nästan med ... vördnad. En pall från en möbelaffär skulle jag utan problem kunna hugga upp som ved, men en hemsnickrad, där man kan se märken från verktygen ... nej, det hade jag haft svårt för."

"Ja och en tavla från Ikea kan jag utan betänksamheter slakta för att komma åt ramen, men en målning där man kan se och känna penseldragen ... Jag skulle aldrig kunna förstöra en sådan tavla."

Victoria satte leende upp ett finger. "Precis! Jag vet konstnärer som målar över tavlor för att slippa köpa nya dukar, men jag skulle känna mig som en brottsling."

"Eller en fattiglapp."

Skrattande sträckte hon sig efter vinglaset. Hon svalde en klunk och suckade. "Tusan också. Nu blev jag ju sugen på att visa dig en av mina målningar."

* * *

Trappstegen knirkade välbekant, men allt annat var underligt. Victoria hade druckit mer vin än hon brukade och var på väg till ateljén sent på kvällen, när det definitivt inte fanns något dagsljus att måla i. Dessutom skulle hon plocka ut en målning därifrån, gå ner till vardagsrummet och visa upp den för en annan människa. En karl. Den mest tilldragande karl hon någonsin sett.

Flera gånger var hon på väg att ångra sig, men hon bet ihop om fegheten och fortsatte uppför trappan. *Det skulle vara för pinsamt att komma tillbaka tomhänt.* Väl framme i ateljén velade hon länge om vilken målning hon skulle ta. Den fick inte vara för självutlämnande, men samtidigt ville hon välja en som hon kände mycket för. Till slut utgick hon från Alexanders fascination för rosenträdgården och valde en av de många målningar hon gjort av den. En där morfar var med, innan han blev sjuk. Han var klädd i hängselbyxor och urblekt solhatt och höll en sekatör i den ena handskbeklädda handen. I den andra höll han, ömt men stadigt, en taggig stjälk, beredd att klippa bort en halvvissnad ros.

"Dig får det bli", viskade hon och tog upp tavlan i famnen. Med bultande hjärta gick hon tillbaka mot undervåningen, där Alexander satt på en ny skiva. När hon kommit ner för trappan hörde hon vilken låt han spelade: Lynn Andersons I never promised you a rose garden. *Hur kunde han veta?* Sen hörde hon något mer: Alexander sjöng med. Långsamt närmade hon sig vardagsrumsöppningen och konstaterade att det lät bra. Riktigt bra. Mitt i en refräng fick han syn på henne i dörren, men slutade ändå inte att sjunga. Istället vände han sig om där han satt i soffan och sjöng direkt till henne. *"Kom med och dela de goda stunderna medan vi kan ..."* Är det dina ord till mig, Alexander? *Eller bara ord i en sång?* Victoria vågade inte sjunga med, utan kämpade för att se avspänd ut där hon stod med tavlan i famnen. När låten gick mot sitt slut drog Alexander ned volymen och klappade på platsen intill sig, där Lucifer legat förut.

"Kom och visa! Jag har längtat efter det här."

Med svaga knän gick Victoria fram till soffan. I en enda, spänd rörelse sjönk hon ned på dynan och la tavlan på bordet framför dem. Tänk om han inte tyckte om den? Hon hade, förvånande nog, så gott som slutat oroa sig för att han skulle komma att skratta åt henne. Men han kunde fortfarande ogilla målningen. Tänk om han gjorde det? Hon fick påminna sig själv om att andas.

"Visst är det där din morfar?" sa Alexander efter en begrundande tystnad. Hon var tvungen att hosta innan hon kunde svara.

"Som han såg ut när jag var femton."

"Jag förstod att det var han. Jag vet inte hur du lyckades, men det syns hur mycket du tycker om honom. Och trädgården med." Han tittade en stund till och fortsatte sedan tankfullt: "På ytan är det en vacker målning, men när man tittar djupare ... Jag är ingen konstkännare så jag känner att jag saknar rätt vokabulär här, men jag har sällan sett en tavla med så mycket ... värme. Den får mig att önska att någon en dag kommer att måla av mig såhär."

Jag kan måla dig. Sittandes i min soffa, med dina fingrar i Lucifers päls.

"Så du gillar den?" Orden bara smet ut och hon ville bita sig i tungan när hon hörde hur det lät. När blev hon så brydd om någon annans åsikt?

"Gillar den?" Han strök lätt med ett finger över tavlan. Lät fingertoppen följa hennes penseldrag. Gesten kändes märkligt ... intim, och hon blev så distraherad att hon missade det han sa.

"Ursäkta. Vad sa du?"

Han log. "Jag sa, att om jag ägde en tavla som den här, skulle jag aldrig någonsin göra mig av med den. Inte ens om den skar sig mot resten av inredningen."

Victoria slappnade av och kände hur det pirrade till av glädje i hjärttrakten. "Jag antar att jag kan ta det som en komplimang?"

"Det ska du. Jag är förresten glad att du har ett yrke där du kan ta tillvara på din talang."

"Det är jag med. Jag skulle nog inte fungera om jag inte fick måla."

Victoria sträckte sig efter tavlan, vilket även Alexander gjorde. När deras händer stötte ihop frös hon i sin rörelse, medan han fortsatte sin. Han fattade tag om hennes hand, höll den i ett mjukt men fast grepp, och strök med tummen över baksidan av fingrarna. En gång, innan han släppte henne igen. Dröjande.

"Varför gjorde du så?" hörde hon sig själv säga. *Nackdelen med att bo själv? Den ohejdade vanan att tänka högt ...*

"Jag vet inte. Jag bara gjorde."

Victoria sneglade upp mot honom, och han såg mycket riktigt lite förbryllad ut. "Jag antar att det bara blev så för att det kändes ... rätt."

"Rätt?" sa hon med en röst som inte var mycket mer än en viskning. Hon ville egentligen inte ställa frågan, eftersom hon förmodligen inte ville höra svaret. *Han kommer att säga något svävande om tacksamhet. Och sedan kommer han att be om ursäkt eller något annat dumt. Som om jag inte skulle kunna säga ifrån om ...*

"Ja, rätt", avbröt han tankesvadan. "Som om det var nästa steg i en uppgjord plan, eller nåt ..." Till hennes förvåning såg han förlägen ut, med en antydan till rodnad på halsen. "Eller ... jag vet inte. Det är kanske bara vinet som snackar."

"Brukar det vara det?" dristade hon sig till att fråga. "Vinet som snackar?"

Alexander drog på munnen. "Jag tycker alltid om att kramas och så, men det blir nog allt lite värre när jag druckit. Det blir det nog."

Victoria visste inte vad hon skulle säga, så hon lyfte vinglaset till munnen istället.

"Siktar du också på att dricka dig till kramstadiet?" sa han med en blinkning. Hon rynkade på näsan till svar, men blev med ens väldigt medveten om hur nära de satt. Minnet av värmen från hans lår och händer kom rusande tillbaka, så hon blev tvungen att punktera den stigande spänningen.

"Jag har inte kramat någon sedan morfar dog."

Alexander stirrade på henne som om hon sagt något chockerande.

"Vad sa du nu? Inte *någon*?"

"Nej ...", började hon osäkert. "Vi är inte så mycket för ömhetsbetygelser i min familj ... Och någon pojkvän har jag aldrig haft." *Victoria! Håll tyst! Sa du verkligen just det där?*

"Oj."

Hon orkade inte se på honom. Ville inte se medlidandet.

"Inga nära vänner?" frågade han försiktigt. "Syskonbarn?"

Hon skakade på huvudet. "Jag har Lucifer." För att ta udden av det patetiska yttrandet tillade hon: "Eller hade. Han verkar föredra dig nu."

Det fungerade. Alexander fick en antydan av skratt i rösten. "Jag är bara en tillfällig flört. Det är matte han älskar."

Victoria vågade se på honom igen, men, som hon befarat, var blicken fortfarande full av medkänsla. *Se inte ut som om det är synd om mig!*

"Du tycker säkert att jag är för sorglig", mumlade hon. "Men det är okej. Jag har klarat mig ensam hittills och det kommer att gå bra i fortsättningen också."

"Men hur kan du vilja ha det så? Jag menar, hur går det ens att vara utan ... allt du missar?"

En våg av irritation steg inom henne. Vad hade han för rätt att ifrågasätta hur hon levde sitt liv? Vad hon hade och inte. Dessutom var han feg, som inte vågade uttala det han med största säkerhet syftade på.

"Sex, menar du?" Tonen var nära ett fräsande, men det kunde han gott ha.

Alexander hajade till, men såg avgjort skyldig ut. *Det var väl det jag förstod.*

"Jag ... hm ..." Harklande gned han sig över hakan. "Jag ber så mycket om ursäkt. Det var inte meningen att få dig att känna dig obekväm."

"Obekväm är en underdrift. Förnärmad är närmare sanningen." Hon drack upp det sista i glaset och ställde ned det med en smäll. "Och om du nu inte visste det så går det att ha sex utan partner. Det går alldeles utmärkt."

* * *

Alexander kände det som om han åkt emotionell berg- och dalbana. Från att inte kunna hindra sig från att smeka Victorias hand till förlägenheten över att ha gjort det. Vidare från sympati med en oälskad människa till en befogad åthutning, orsakad av hans egen plumphet.

"Jag är också singel, som du kanske minns. Så jag, eh, känner till att det går." *Herregud, hur lät det där, då? Varför kan jag inte bara hålla tyst?*

"Det var mer som en retorisk fråga, dummer." Hon var tvungen att kämpa för att hålla sig allvarlig, vilket var ett bra tecken. Kanske hade han inte sabbat allt, ändå. "Men innan du säger något mer, medger jag att ja, jag fattar att det inte är samma sak. Det är klart att det inte är. På samma sätt som att paragliding inte är samma sak som att flyga på riktigt."

"Vänta lite nu." Även han fick anstränga sig för att kontrollera ansiktsdragen när han fortsatte: "Jämförde du just kärleksakten med att, dinglandes från en fallskärm, dras bakom en motorbåt?"

"Kom på en bättre liknelse du då!" Hon buffade till honom på överarmen och under den halva sekunden av kroppskontakt var den allt han kunde tänka på. Det var som om en klocka ringde inom honom, högt så att alla andra ljud drunknade. Han mindes inte att han någonsin varit så medveten om en annan människa, lagt så mycket uppmärksamhet vid varje rörelse och tonfall. Men det var förmodligen en del i hans jakt på mysteriernas lösning. Klart att han måste vara uppmärksam. Hur skulle han annars kunna hitta några svar?

"Nej, jag vet inte. Fallskärmen får väl duga. Men tänk då så här: Om den som var ute och paraglidade plötsligt fick möjlighet att byta skepnad och bli en riktig fågel där uppe i skyn ... skulle han eller hon inte vilja göra det då?"

Victorias leende stelnade och försvann. "Du fattar ju inte någonting. Den här paraglidaren har aldrig fått något erbjudande om att prova några vingar och kommer inte att få det heller. Men det var inga problem. Inte förrän du kom och började klaga på sättet hon tog sig fram."

"Det var inte så jag ...", började han, men förstod att det var lönlöst. Victoria hade redan börjat resa sig upp. Av ren reflex grep han tag om hennes handled. "Snälla, gå inte."

Alexander var beredd på att hon skulle skaka av sig hans hand, men hon knep ihop ögonen och dråsade ned i soffan. "Det är bäst att du åker hem imorgon", sa hon kvävt. "Jag klarar inte av det här."

Han var inte säker på om det var känslan av besvikelse eller misslyckande som var starkast, men han var helt på det klara med en sak. Han ville inte åka härifrån. Victoria blundade ännu och han höll fortfarande i hennes handled. Kanske tiden hade kommit för att sätta ord på de tankar och känslor som, timme för timme, byggts upp inom honom? Han visste i alla fall en sak: Sa han inte något nu var det föga sannolikt att han någonsin skulle få en ny chans.

"Jag vill inte åka härifrån", sa han lågt. "Jag vill vara kvar, precis här." Han lät fingrarna glida in mellan hennes. De var helt livlösa och hon besvarade inte hans tryckning, men han lät sig inte nedslås. Inte än. "Jag skulle gladeligen stuka den andra foten också, bara jag fick spola tillbaka tiden ett litet tag. Tillbaka till innan jag gjorde dig ledsen. För jag vill verkligen inte göra dig ledsen. Jag vill göra dig glad, på samma sätt som du gör *mig* glad ... När du ler, eller när du låter mig komma dig ännu lite närmare ... Det är en så häftig resa, och det känns som om den bara har börjat än. Så kan du, snälla, ge mig en ny chans?"

"Du pratar bara om dig själv", sa hon kort. "Vad skulle jag ha för glädje av att du stannade?"

Alexander tvingades inse att det var möjligt att hon inte skulle ändra sig. Att han, oavsett vad han gjorde, skulle åka hem imorgon. Till en ödslig lägenhet, där olyckliga minnen lurade som spöken i hörnen. Vad skulle han dit att göra, när det var här han ville vara? Just i det här dragiga huset, där han kände det som om han stod vid ingången till en guldgruva. Det var först nu, inför hotet att aldrig få söka efter ådern, som han slutligen accepterade faktum. Först nu han erkände hur stark dragningen till Victoria verkligen var. Hon var mer än ett mysterium att lösa. Hon var en berättelse han måste få läsa. Alexander tog ett djupt andetag och satsade allt på ett kort:

"Jag kan ta dig på en liten flygtur."

* * *

Victorias första reaktion var att hon hade hört fel. Den andra att hon måste ha missförstått orden. Men Alexanders fingrar var fortfarande sammanflätade med hennes och hon prövade tanken att han menat precis det han sagt. En ilning, till hälften rädsla till hälften upphetsning, sköt genom kroppen och hon drog åt sig handen. Hon flyttade mot soffhörnet, tog en kudde i famnen och kikade bort mot Alexander. Han var lika välkammad som nyss, men såg ändå ... tufsig ut. Med blicken fäst vid tavlan på bordet gned han handflatorna mot byxknäna.

"Ja, det där var väl inte den respons jag hade hoppats på, precis", sa han tyst. "Men jag fattar. Händerna i styr och hemresa imorgon." Han suckade och bet sig i läppen. "Kan du i alla fall berätta varför du inte är intresserad?"

Alexander vände sig långsamt mot henne, och när hon såg hans besvikna min sög det till i magen. *Men varför? Vad kan någon som han rimligtvis se i någon som mig?*

Victoria kände sig själv. Fick hon inte svar på den frågan nu, skulle den gäcka henne i veckor och månader. Förmodligen år. Hon borrade in fingrarna i kudden och tog sats.

"Kan du snälla istället berätta varför du ens är intresserad av mig? Om du nu är det."

Han drog på munnen i ett sorgset leende. "Du har kanske fått intrycket att jag bara faller för kvinnor som ser ut som Gabriella? ... Det är inte sant. Det jag dras till är inte yta, utan intelligens och humor. Godhet. Till sådana egenskaper som du har. Ja, i början var det kanske mest dina mysterier jag fascinerades av, men ... Du är en otrolig människa, Victoria, och jag trivs här. I din närhet. Så ... jag skulle gärna ha kommit ännu närmare. Om du hade velat det, vill säga."

Jag måste ställa nästa fråga också, även om jag kommer att dö lite av skam på kuppen. Annars kommer jag alltid att undra.

"Förut, när du sa 'en liten flygtur'... Vad tänkte du skulle ... hm ... ingå i den?"

Alexander öppnade och stängde munnen två gånger innan svaret väl kom. "Det du ville skulle ingå, antar jag. Jag är som sagt ingen varg, så jag hade inte tänkt kasta mig över dig." Han flinade till. "Även om jag gärna hade gjort just det."

Det ilade återigen till i kroppen och Victoria vred en aning på sig där hon satt. *Det här är kanske den enda chans jag kommer att få. Vad finns det egentligen för anledning att inte ta den?*

Hon tog sats igen.

"Med hjälp av en väldigt sliten fras måste jag väl erkänna ... att jag är rädd. Som du vet är det där okänd terräng för mig."

"Men du funderar på det?" Alexander lyste upp och det fick henne att slappna av en del. *Antingen är han en väldigt god skådespelare, eller så vill han verkligen det här.*

"Ja, jag antar att jag gör det. Hur nu det gick till."

"Därför att du finner mig helt oemotståndlig, får jag väl hoppas", log han. "Men även om det bara handlar om att du vill ta chansen att prova dina vingar, säger jag inget om det. Och angående den där rädslan ... Jag är så pass gammal att jag kan tygla mina drifter rätt bra vid det här laget. Så jag kan kanske inte gå från noll till hundra på ett par sekunder längre, men jag kan gå från hundra till noll om det skulle behövas. Så du vet."

Rädslan började svirra i henne igen. När han pratade så där blev det hela så *påtagligt*. Övervägde hon verkligen att försätta sig i en situation där det skulle kunna uppkomma ett behov av att dra i nödbromsen? För sanningen var ju den att hon träffade den här mannen för första gången igår. Allt hon visste om honom hade han berättat själv. Det fanns inga referenser. Inga garantier.

Är jag riktigt klok som ändå vill genomföra det här?

* * *

Alexander väntade spänt medan Victoria funderade. Om hon tackade nej igen skulle han ta det ännu hårdare än första gången, nu när jaet var så nära. Han ville ha henne i sin famn. Han ville det så mycket att han aktivt måste motarbeta impulsen att flytta närmare. *Är det bara för att hon är kvinna och att jag har varit ensam länge? Eller är det för att hon är hon?*

"Kan jag sätta upp några regler?"

Alexander ville knyta näven i en segergest, men gjorde istället sitt bästa för att se samlad och förtroendegivande ut.

"Självklart. Du kan ändra dem när du vill, också."

"Bra. För jag kommer alldeles säkert att behöva pauser. Tillfällen då vi återgår till hur vi sitter nu. Så när jag säger 'paus' avbryts allt direkt."

"Okej. Inga problem."

Hon gav honom en klentrogen blick. "Så du kan avbryta bara sådär? Har du några drifter alls, eller?"

"Jodå. Men jag har en väldigt stark självkontroll. Det är vad jag intalar jag mig själv i alla fall."

"Jaha. Så då är du en sån som har öppnade godispåsar liggandes hemma? En sån som bara tar en näve chips trots att skålen står kvar på bordet."

"Jag äter varken godis eller chips", svarade han, inte så lite stolt. "Varken röker, snusar eller dricker öl heller. Men det sista beror mest på att jag inte gillar öl, så det gills kanske inte."

"Åh, Herre min skapare ... Finns det *ingenting* hos dig som inte är perfekt?"

"Ja, som du redan vet är min förmåga till fortplantning obefintlig, så helt perfekt är jag då inte skapad." Mest för att få se hennes reaktion tillade han lojt: "Men det finns ju i och för sig en stor fördel med det också, i vissa situationer ..."

Victoria la rodnande armarna i kors.

"Andra regeln. Du behåller byxorna på tills, eller om, jag säger att du kan ta av dem. Punkt."

Alexander nickade beskedligt, medan han samtidigt förställde sig hur hon andlöst bad honom att avlägsna nämnda plagg. Samt en annan version, då hon med stor iver tog sig an uppgiften själv.

Åh, Herre min *skapare. Giv mig styrkan som jag övertygat henne om att jag har.*

"Någon tredje regel?"

"Ett önskemål .... Om att rond ett består av en helt vanlig kram. Jag tror att jag nog behöver en sån, ändå."

* * *

När Victoria kasade sig närmare Alexander mötte han henne på halva vägen.

"Börja du", sa han och vände sig mot henne. Prövande la hon handen på hans överarm. Den var hård under tröjan och det kom som en överraskning att han, trots sin nonchalanta kroppshållning, var så spänd. *Det kanske inte bara är jag som är nervös.* Upptäckten minskade anspänningen i hennes egen kropp så pass att hon förmådde smyga armarna runt hans bröstkorg. Alexander omfamnade henne varligt och drog henne intill sig. Kinden hamnade mot hans nyckelben och i den andäktiga tystnaden kunde hon höra hjärtat slå. Den skäggstubbiga hakan vilade mot hennes hjässa och när hon satt där, innesluten i hans varma famn, fylldes hon av en intensiv lyckokänsla. *De som har möjlighet till det här ... Varför gör de det inte hela tiden?*

"Går det bra?" vibrerade hans röst i hennes öra.

"Väldigt bra. Om jag varit en katt hade jag helt klart spunnit nu."

Alexander skrattade till och tog ett nytt, fastare grepp om henne. "Underbart. Kan man kanske få stryka katten lite över ryggen?"

Victoria nickade mot hans bröst och rös sedan av välbehag när hans stora handflata långsamt gled över skuldran.

"Jag kan nästan höra dig spinna, tror jag."

"Mm", var allt hon hade tid att svara. Hon slöt ögonen och präntade in varje intryck i minnet. Den här stunden var alldeles för värdefull för att glömmas bort. Trycket från Alexanders haka försvann och ersattes för en sekund av något mjukare. *Hans läppar?* Sedan lutade han kinden mot hennes huvud, och hon både hörde och kände hur han andades in doften av hennes hår.

"Du luktar så gott", mumlade han. "Som rosor i solsken."

"Då borde du dofta likadant, då. Eftersom du snott av mitt schampo, menar jag."

"Det borde jag." Han strök med kinden över hennes hjässa. "Du får ta och känna efter."

Victorias hjärta började slå fortare. Hon visste inte riktigt hur hon hade förställt sig hur det här skulle avlöpa, men hon hade nog tänkt sig att inneha en väldigt passiv roll. En där hon knappt behövde göra något alls. Men hon började förstå att det knappast skulle bli på det viset. Hur kul var det för honom om hon aldrig gav något tillbaka?

Tvekande lyfte hon på huvudet. Alexander gned näsan mot hennes och log.

"Hej, du."

"Hej." Skyggt mötte hon hans blick. Den var varm och pupillerna var så stora i halvmörkret att ögonen såg mörkare ut än vanligt. Hon antog i alla fall att det var därför. Hon bröt ögonkontakten och lyfte handen för att låta fingrarna glida genom hans hår. Det var mjukare än hon trott. Mycket mjukare än hennes eget. Med handen mot hans nacke drog hon honom mot sig. Ett tag befarade hon att Alexander skulle utnyttja situationen till att stjäla en kyss, men han följde fogligt med i rörelsen så hon kunde borra in näsan i hans hår.

"Det doftar inte som rosor i solsken", sa hon efter flera långa andetag. "Du doftar som trädgården en ljummen kväll, efter att det regnat hela dagen."

"Är det en doft du tycker om?"

"Det är det."

Han lutade sig bakåt mot soffryggen och kupade handen om hennes kind. Ingående betraktade han varje del av ansiktet, medan ett leende lekte i hans ögon.

"Jag antar att rond ett är slut nu. Så vad säger du, Victoria? Är du redo för rond två?"

Hon harklade sig, men trots att strupen var klarad var det svårt att få fram orden.

"Vad ... innebär rond två?"

"En kyss hade passat bra nu, tycker jag allt." Han måste ha sett hennes tvekan för han ryckte lite på axlarna och tillade: "Eller i alla fall lite pussar."

Handen på kinden gled bak och lade sig mjukt om hennes nacke. Med den andra handen strök Alexander bort en hårslinga ur ansiktet och fäste den bakom hennes öra. "Beredd?"

"Knappast." Hon var så nervös att en känsla av overklighet infann sig. Ett tillstånd som det väl var lika bra att utnyttja. "Men kör ändå."

Alexander log nöjt, men när han lutade sig mot henne blev han allvarlig igen. "Säg till om det inte känns bra", viskade han och lät läpparna nudda vid hennes panna. "Så tar vi en timeout." Han tryckte lätta kyssar mot näsa och kinder, placerade en i den ena mungipan, en i den andra, och strök sedan förbi hennes läppar med sina. *Vad finns det egentligen att vara rädd för?*

"Då kör vi då", viskade han intill hennes öra. Fingrarna i hennes nacke spreds ut över bakhuvudet och sedan strök hans mun över hennes igen. Han fångade in hennes underläpp, som för att smaka på den, och andades långsamt ut genom näsan. Andedräkten kändes varm mot hennes hud. Då han nafsade efter underläppen igen gled hennes mun upp litegrann, och hon kunde i sin tur smaka på honom. *Är det så här kyssar smakar? Eller bara hans?* Den tredje gången riktade han in sig på hennes överläpp, samtidigt som han lät tungspetsen vidröra undersidan av den. *Det där är hans tunga. I min mun!* Uppspelt och uppskakad gav hon honom mer utrymme och då var det inte längre någon tvekan om att det var en riktig kyss de ägnade sig åt. Eller i alla fall han. Tvekande lät hon sin egen tunga möta hans, vilket fick Alexander att ta steget till nästa nivå. Han vinklade huvudet åt sidan för att komma åt hennes mun bättre, medan han fattade tag om skuldran för att dra henne mot sig.

När intensiteten stegrades suddades detaljerna ut. Victoria visste inte längre hur många gånger deras läppar och tungor mötts. Såg inte någon anledning att hålla reda på det. Allt som räknades var att hon blev kysst för första gången, av en man som Alexander. Hon ville stanna i den här stunden för alltid, samtidigt som hon ville vidare. Ville närmare. Nästan av sig själva lades armarna kring hans nacke. Fingrarna letade sig in i hans hår. Suckande drog han henne tätare intill sig och kysste henne djupare. Även hon undslapp sig en liten suck och först då blev hon medveten om den upphetsning som smygande börjat sprida sig i kroppen. Tung och varm. Alexander slog en arm kring hennes midja och lade henne i soffan, under sig, medan kyssarna sökte sig nedför hennes hals. Skäggstubben rev över huden och den stora kroppens tyngd fick henne att känna sig trängd. Fastlåst. *Jag måste andas!*

"Paus", flämtade hon.

Men Alexander verkade inte höra.

* * *

Upphetsningen pumpade genom Alexanders kropp på ett sätt han glömt var möjligt. Hon kändes så bra, så rätt, och han ville både skynda fram och dra ut på det. *Tack, alla himmelska makter, för det här.* Han förde in ena handen under hennes tröja, ivrig att få smeka naken hud, men föll nästan ur soffan när Victoria gav honom en rejäl knuff.

"Jag sa paus!" skrek hon och knuffade till honom igen. Dimmigt mindes han att hon hade sagt något alldeles nyss. Något som han varit för upptagen för att registrera. *Skit också!*

"Förlåt, jag hörde inte", mumlade han och kravlade tillbaka till sitt soffhörn. Han gnuggade sig i ansiktet och försökte koppla på hjärnan igen, skamsen över att ha låtit annat ta över.

"Nej, du gjorde visst inte det." Victoria hade krupit upp i det andra hörnet och såg tack och lov varken speciellt arg eller rädd ut. Mest förvirrad och andfådd. "Och jag vet inte ens om jag ska ta det som en förolämpning eller en komplimang. Inte för att ..."

Hon tystnade och stirrade med halvöppen mun på hans skrev. Han sneglade nedåt och blev rätt häpen själv. Kombinationen av sladdriga gubbkalsonger, vida byxor och full erektion hade resulterat i en imponerande tältresning.

"Oj", andades hon, med ett blänk av rädsla i blicken.

"Den ... är inte så där stor egentligen." Han fick motstå en impuls att slå sig själv för pannan, men orden fick i alla fall Victorias rädsla att bytas ut mot något mer muntert.

"Jaså, det säger du. Är det bara på annandag jul fenomenet inträffar?"

Han drog till sig en filt och arrangerade den över sina nedre regioner. "Det var nog mer av en optisk illusion, är jag rädd.

Hade jag haft mina egna jeans på mig hade det knappt synts något alls."

Victoria fnissade till och han vågade hoppas igen på att det skulle bli en fortsättning på den hägrande flygturen. Men han var definitivt tvungen att lägga bättre band på sig. Rep.

"Jag tyckte inte om att vara fasthållen så där", sa hon plötsligt. "Det var därför jag behövde avbryta."

"Men jag höll ju inte fast dig?"

"Du är rätt tung, vet du. Det kändes som om jag fastnat under en trädstam eller nåt. Jag fick inte luft."

Alexander gjorde ett försökt att tänka sig in i hennes situation, och förstod att det nog låg något i det hon sa. Han fick inte glömma hur oerfaren hon var.

"Men du, förresten ... Du sa ju nyss att du inte kunde gå direkt från noll till hundra längre. Hur förklarar du då ... det där?"

Victoria pekade diskret mot kamouflageanordningen och han kunde inte låta bli att retas lite.

"Jaha, du trodde att det där var hundra? Nej, det där var typ ... sjuttiofem."

De brast ut i skratt båda två, och han kunde känna hur stämningen lättade. Att skratta tillsammans med Victoria var bland det bästa han visste. Att kyssa henne hade varit betydligt bättre än så ...

"Nej, seriöst", sa han och sökte hennes blick. "Nu nyss … det var det mest upphetsande jag varit med om på åratal. Du är som tändvätska på den här gamle mannens falnande glöd."

Raka motsatsen till de där evinnerliga ägglossningstesten och det jävla liggschemat.

Hon gjorde en avvärjande gest, röd om kinderna. "Men, sluta. Jag har ju ingen aning om vad jag sysslar med."

"En naturbegåvning, alltså", log han. "En som behöver luft, dock, och det måste vi ju se till att du får. Några tankar om hur syretillförseln kan säkras?"

Victoria pillade på tröjärmens mudd och ryckte lite på axlarna. "Kanske att … du sitter mer still och att jag får … bestämma mer. Ja alltså, takten och så."

Alexander lutade sig bak mot kuddarna och försökte, trots att han var lika förväntansfull som en sci-fi-nörd på Star Wars-premiär, se avspänd ut. "Kör till, babe. Have your way with me."

*   *   *

Victoria släppte kudden och flyttade bort till Alexander igen. Hon strök hans ögon slutna, och då lämnade genast nervositeten mer plats för upptäckarlusta. Med fingertopparna undersökte hon varje del av ansiktet och fascinerades av kontrasterna mellan skäggstubbens strävhet och den mjuka huden vid ögonen. Försiktigt kysste hon hans ögonlock, panna och kinder medan hon lät fingrarna rita cirklar i håret kring öronen. Han var så annorlunda och hon ville ta tid på sig att utforska honom. *Om jag bara fick läsa en bok i mitt liv, skulle jag se till att inte missa ett enda ord.*

"Kan jag öppna ögonen nu?" mumlade han med en röst som lät lite ansträngd.

"Inte än. Jag vill titta ostört först."

Hon lät händerna glida till Alexanders axlar, ner längs armarna och vidare till hans händer. Hon lyfte den ena och undersökte varje finger och välformad nagel innan hon vände upp handflatan och följde linjerna i den, först med fingertoppen och sedan med läpparna. Huden var så mjuk. Hon visste inte att mäns händer kunde vara så mjuka. Hon föreställde sig den handen, smekande över hennes hud, och det sög till i kroppen vid tanken. *Snart.* Hon lät händerna vandra tillbaka upp till skuldrorna. Den här gången riktade hon intresset mot hans bröstkorg, och insåg att det inte skulle räcka med att känna. Hon ville se.

"Kan du ta av dig tröjan?"

Utan ett ord satte Alexander sig upp, drog tröjan över huvudet och kastade den på golvet. Ännu blundande lutade han sig mot kuddarna igen och hon knäppte, en aning otåligt, upp knapparna i skjortan. För att komma åt de sista var hon tvungen att dra upp skjortan ur byxorna, med ett litet ryck. När hon gjorde det spändes musklerna i hans mage och fick sex magrutor att framträda.

"Kan du spänna magen igen? Jag har alltid velat veta hur sådana där känns att röra vid."

Alexander svarade genom att göra det hon bett honom om. Förtjust strök hon med båda händerna upp och nedför magen, tills värmen från huden fick henne att inse att han inte var den välbyggde hjälten i en film. Han var på riktigt. Han var här, med henne. Och hon kunde ta det här precis så långt hon ville. Åtrån som ringlat som dimstråk i henne vällde fram på allvar och hon kunde känna kroppen förbereda sig på det som snart skulle hända. *Hända på riktigt.*

Victoria höll handflatorna stilla mot Alexanders mage medan han flämtande började andas igen. Med cirklande rörelser arbetade hon sig uppför överkroppen, fram till de små styva bröstvårtorna. Hastigt strök hon över dem med tummarna och njöt av den omedelbara reaktionen. Det var uppenbart att Alexander kämpade för att hålla ögonen stängda och armarna stilla, så hon grep tag i hans överarmar och lade munnen intill örat.

"Inte än", sa hon lågt. "Men snart."

Alexanders hals doftade så gott att hon måste kyssa den, ända ned till halsgropen. Hon drog skjortan från axlarna och kysste dem också, medan han darrade under hennes mun. Hennes egna kläder kändes allt mer i vägen, så hon släppte honom för att sittandes på knä kunna dra av sig tröjan och t-shirten. Den ljusa huden tycktes lysa i det svaga ljuset och en oväntad känsla fyllde henne. *Jag vill att han ser på mig. Ser mig och rör vid mig.*

Återigen kysste hon hans ögonlock, ett i taget.

"Nu kan du titta."

* * *

Alexander öppnade ögonen och såg en ljushyllt, grönögd ängel. Men glimten i det gröna var inte precis änglalik, och rodnaden på kinderna var definitivt inte blygselns rosor.

"Du kan inte trycka ned mig igen, som du gjorde förut", sa hon hest. "Men du kan röra vid mig. Nu."

I samma ögonblick hon sagt orden, la han händerna om hennes midja. Hon var lika sammetslen som hon såg ut och de fantastiska ögonen vidgades när han smekte henne uppför ryggen. Oförmögen att hindra sig smekte han ned BH-banden från axlarna och lutade sig fram för att kyssa klyftan mellan de fylliga brösten. Victoria drog efter andan med ett litet stönande och medan han lät tungan vandra ned mellan dem, masserade han kuporna med händerna. I nästa stund hade Victoria öppnat spännet och han slet bort det hindrande tyget. Hon hade små, blekrosa vårtgårdar, som han ivrigt gav sin fulla uppmärksamhet medan hon pressade sig mot honom med händerna i hans hår. Efter en stund lyfte hon ena benet, satte sig grensle över magen och gned sig mot honom, vilket i sin tur ledde till att hans bultande erektion gneds mot hennes stjärt. *Snälla Victoria,* *be mig inte sluta nu! För det klarar jag aldrig.*

Victoria satte flåsande händerna mot Alexanders bröst och sköt sig en bit bort från honom.

"Det börjar närma sig take-off", sa hon och lekte med håret på hans bringa. "Hade du planerat någon speciell rutt?"

Alexander var så tom i huvudet att han inte förstod vad hon sa.

"Har allt blod redan lämnat hjärnan?" flinade hon. "Okej, då får jag väl ta det i klarspråk. Byxor kommer att tas av snart. Fler kroppsdelar kommer att exponeras. Den du har där nere känns ärligt talat lite skrämmande, så jag skulle vilja veta hur du hade tänkt dig att använda den."

"Aha, nu är jag med. Få se då ..."

Han smekte Victoria uppför insidan av låren, vilket fick henne att blundande trycka sig hårdare mot honom. Med ena handen smekte han hennes stjärt, medan han lät den andra handens tumme gå i små cirklar över den ännu stängda gylfen.

"Jag tänker att du verkar trivas bra i den position du är nu, och den är nog lika bra som någon. Och om vi tar av dig byxorna nu kommer jag att se till att du är ordentligt förberedd vid take-off." Han avbröt stimuleringen och la händerna under hennes knän. "Ställ dig upp."

Ostadigt ställde hon sig i soffan med fötterna på var sida om honom och händerna på hans axlar. Långsamt men bestämt drog han av henne både byxor och trosor och stödde henne medan hon frigjorde sig från plaggen.

"Kan du stå så?"

Hon nickade och han lät återigen händerna glida längs insidan av hennes lår, ända upp till det fuktglänsande könshåret. När han såg hur våt och svullen hon redan var fick han kämpa för att motstå impulsen att dra ned henne över sig. *Kom ihåg att det här är första gången för henne. Det måste bli bra.* Istället strök han henne varligt öppen och drog med det fuktiga fingret förbi hennes styvnade klitoris, ömsom på ena och ömsom på andra sidan. När hon började gny lät han fingret glida in en bit, vilket fick henne att hungrigt pressa sig mot hans hand. Med den andra handen fick han undan filten, öppnade gylfen och kunde äntligen släppa ut sin nästintill värkande penis. *Snart.* Han drog ut fingret och förde istället in två, medan han lät tungspetsen leta sig in till klitoris. Victoria stönade högt medan hennes slida drog ihop sig allt hårdare kring fingrarna och han funderade på om han borde låta henne komma redan nu. Men det visade sig vara ett beslut han inte behövde ta. Victoria sjönk ned på knä framför honom och kysste honom hetsigt medan hon sträckte in ena handen mellan sina lår. När hon fått tag om skaftet styrde hon in honom och sänkte sig långsamt ned. Han gled in ända till roten, som om han hörde hemma där, och kunde för ett par sekunder inte andas. Därefter började hon röra sig, och det var så ofattbart skönt att han knappt visste vart han skulle ta vägen. I ett ögonblick av sans placerade han fingertopparna mot hennes venusberg för att öka stimulansen, men det var frågan om hon ens behövde det. Victoria närmade sig hastigt orgasm och när hennes slidmuskler kramade åt om honom kunde han inte hålla tillbaka längre. Deras stönanden övergick i rop medan han kom, häftigare än han hade något minne av. Victoria skakade i hela kroppen och tjöt av vällust medan hans sperma pumpade in i henne och han kände sig som ... en miljon, nej miljard, dollar.

* * *

Victoria föll ihop i Alexanders armar, darrande och underbart tillfredsställd. Han var fortfarande stor inuti henne, och hon spände sig lätt kring honom för att förstärka känslan av att vara uppfylld. Eller så var det en ekivok variant av att nypa sig, för att se om hon var vaken eller drömde.

Alexander drog upp filten över dem och strök henne sakta över ryggen.

"Jag skulle vilja säga något fint nu, men jag kan knappt komma ihåg hur meningar ska sättas ihop", sa han och kysste hennes hår. Hon vände upp ansiktet och riktigt kände hur fånigt hon log. Men det gjorde ingenting. När han såg på henne med sådan där värme i blicken fanns det inget att vara rädd för.

"Var det som du trodde?"

"Nej, inte alls", flinade hon. "Det var bättre."

Alexander såg så glad och stolt ut att hon var tvungen att skratta. Men hon slutade tvärt när hon kände hur det började sippra ur underlivet.

"Oh, vi skulle behöva lite papper nu. Når du näsdukarna på hyllan under bordet?"

"Kanske. I annat fall får vi väl offra morfars urtvättade kalsonger."

Victoria kämpade för att hålla sig allvarlig medan han höll fast henne med ena armen, lutade sig fram och lyckades få tag i paketet åt henne. Hon drog fram ett par näsdukar, men tvekade sedan. *Hur gör jag nu? Och hur kan det här kännas mer intimt än själva sexet?*

Alexander gav henne en road blick.

"Jag antar att du inte läst om det här besväret i nån av dina romaner?"

"Våta fläcken hade jag väl hört talas om ... Men inte det här. För det går ju inte att komma åt att torka nu, och efter jag rest mig upp blir det ju för sent."

"Och gör vi inget alls så kommer det också att bli kladdigt. Rätt snart, också." Han böjde sig ned för att kyssa henne och plockade åt sig näsdukarna. Med en smidig rörelse lyfte han upp henne en bit och fick in papperet mellan dem så han kunde fatta tag om skaftet och dra sig ur. Som avslutning placerade han papperstussen mot skötet och satte ned henne i sitt knä igen.

"Det där funkar tills du kommer till toaletten. Sen kanske vi kan ta en dusch tillsammans?"

Victoria ryggade lite inför tanken, men Alexanders blick var fortfarande varm och ingav henne mod. Hon nickade försiktigt.

"Hur stor varmvattenberedare har du?" frågade han och lät blicken smeka över hennes kropp. "För det här blir en duschning jag kommer att vilja dra ut på. Helst i timmar."

Löftet i hans ord gick som en varm stöt genom henne. *Det är inte slut än!*

"Det här hade jag inte heller en aning om", fnissade hon. "Om det går åt så här mycket näsdukar och varmvatten, hur har folk råd?"

"Det finns ju ett billigare sätt också, med betydligt mindre kladd." Alexander ryckte på ena axeln. "Kondom är okej för mig, så om du hellre vill använda det så skaffar jag såna så klart."

Victoria stirrade på honom med gapande mun. *Det är inte möjligt. Han kan bara inte ha sagt det där.*

Alexander lyfte upp hennes haka igen och pussade henne på näsan.

"Har du nånsin hört talas om en flygkurs som bara består av en enda lektion? Lektion två påbörjas i badrummet om ett par minuter och sedan får vi ta det därifrån."

* * *

Victoria satt på toaletten, naken förutom filten kring axlarna, och försökte få grepp om det som just hade inträffat. Försökte förstå att det möjligtvis bara varit det första tillfället av flera. *Minst två. Han står här utanför och väntar på att få komma in.* Men oavsett vad som hände eller inte hände i fortsättningen, var hon inte oskuld längre. En nästintill ofattbar tanke. Hon rev av ett par rutor papper att torka sig med, men tog först lite sädesvätska på långfingret och smakade. Munnen fylldes av den starka, oangenäma smaken och hon skyndade sig att bli klar så hon kunde skölja med vatten från tvättstället. *Åh, tvi. Hur kan någon vilja svälja det där?*

"Kan jag komma in nu? Jag hörde att du spolade", sa Alexander genom dörren.

Victoria svepte filten lagom nonchalant kring kroppen och lutade höften mot handfatet.

"Ja, jag är klar."

Handtaget trycktes ned och sedan stod han där framför henne, med en annan filt virad kring höfterna. Han var så vacker, så *intagande*, och hon önskade att hon varit modig nog att oombedd röra vid honom. Vågat smyga sig in i hans famn eller smeka hans hud.

Alexander satte sig på toalettlocket och höll ut handen mot henne. Hon fattade den och lät sig dras in mellan hans särade knän. I ett infall av djärvhet la hon händerna på Alexanders skuldror och såg honom i ögonen.

"Vad går lektion två ut på?"

Alexander log och drog loss hårsnodden hon haft runt handleden. Han fäste upp hennes hår i en knut och nickade bort mot duschen. "Jag kommer att tvåla in varenda del av dig. Omsorgsfullt. Och därefter hoppas jag att du ska göra detsamma med mig." Han smekte hennes stjärt genom filten och tillade: "Sen på slutet av passet kommer vi nog att vilja ägna vissa av de där delarna lite extra uppmärksamhet, gissar jag ... Hur låter det?"

Victoria svankade mot Alexanders masserande händer, med en andhämtning som redan blivit tyngre. Knäna kändes svaga, och hon insåg att hon skulle komma att behöva något att sitta på. Tacksamt kom hon att tänka på den låga pall i plast och metall som tjänade som hylla för tvättmedelsförpackningarna, och när de gick mot duschkabinen såg hon till att den följde med in.

Till en början kände hon sig besvärad av deras nakenhet i det trånga utrymmet, men när hon blundande satt på pallen med ryggen mot väggen, med det varma vattnet flödande över kroppen, började hon istället fyllas av välbehag. När Alexander sedan ställde sig på knä och började tvåla in hennes armar, fötter och ben med långsamma, målmedvetna rörelser, njöt hon i fulla drag.

"Håll upp armarna."

Utan att tveka satte hon händerna bakom nacken, och kände sedan hans händer om sina armbågar. Hala av rosendoftande duschkräm gled de ned mot armhålorna, och sedan vidare mot brösten, där de rörde sig i makliga cirklar. Trots värmen kände hon bröstvårtorna styvna och när han gned dem mellan fingrarna sköt ilningar av lust ner mot underlivet. Händerna följde samma väg, neröver magen och fram till ljumskarna.

"Sära på benen."

Även denna gång lydde hon uppmaningen, och flämtade till när han kupade handen om henne. Han förde den rytmiskt fram och tillbaka ett par gånger, vilket fick hennes lust att stegras kraftigt, men stannade sedan upp. Istället återgick han till hennes fötter, trots att hon missbelåtet vred på sig. Hon öppnade ögonen för att titta ned mot honom, och mötte då hans glittrande blick.

"Missnöjd med något?"

"Mm."

"Vad skulle du vilja att jag gjorde?"

"Fortsatte med det där ... du gjorde nyss", svarade hon generat.

Alexander drog händerna uppför hennes ben, lade högra handens fingertoppar mot hennes venusberg och roterade dem i en behaglig, men retfullt långsam, takt.

"Och mer?"

"Fortare", viskade hon, ännu med sin blick i hans. Han gjorde som hon begärt, men hon ville snart ha mer. Det varma vattenflödet längs ryggen och glansen i Alexanders ögon förmådde henne att uttala sin önskan.

"Ett finger. Eller ... två."

Alexander bet sig i läppen och förde in vänster pekfinger och långfinger djupt i henne. Hon stönade högt och när hans fingrar började glida in och ut rörde hon sig mot dem. Benen särade hon på så brett hon kunde medan hon höll i hans axlar för stöd. Alexander såg fortfarande upp mot henne, och när hon såg honom slicka sig om läpparna visste hon med ens vad hon allra helst ville ha. Prövande la hon en hand om hans nacke. Han böjde sig ned för att kyssa insidan av hennes lår och såg sedan på henne under halvslutna ögonlock.

"Vad vill du att jag gör nu?"

"Jag vill att du rör vid mig, med tungan", mumlade hon kvävt.

Alexander drog efter andan och satte sin högra hand under hennes stjärt. Medan han fortsatte röra den vänstra handens fingrar inne i henne, lät han tungspetsen spela över hennes allra känsligaste punkt. Victoria slog benen om honom och fattade tag om pallens sits, medan en flodvåg av lust byggdes upp inom henne. Hon kastade bak huvudet och under det strilande vattnet och Alexanders behandling kom hon i en skälvande orgasm.

* * *

Alexander kunde inte minnas att han någonsin njutit så mycket av att stimulera en kvinna. Victoria var så ... naken, mer än på ett fysiskt sätt. Så uppslukad av sin lust. Gabriella hade aldrig varit sådan. Hon hade under åren bojkottat allt fler ställningar, bara på grund av att hon inte känt sig tillräckligt attraktiv i dem ... Victoria däremot, så fullständigt i nuet, hade knappast ägnat en tanke åt att kontrollera om magen veckade sig eller brösten slängde. Nej, istället hade hon fokuserat på honom och sin egen tillfredsställelse. En tillfredsställelse han varit så fast besluten att ge henne att han förmodligen skulle ha gått med på nästan vad som helst. Det här var hennes allra första sexuella möten, och han hade satt en ära i att se till att de blev bra.

Victoria lyfte sina ännu darrande armar och drog honom till sig. Han omfamnade henne länge, och kysste därefter hennes leende läppar.

"Varmvattnet är nog slut snart, så det är väl bäst att jag börjar tvåla in dig nu."

Han log tillbaka och räckte henne flaskan. "Det låter bra, det."

De bytte plats så att han satt på pallen, medan hon ställde sig intill honom. Väldigt försiktigt strök hon duschkräm över hans axel och arm, men blev snart säkrare i rörelserna. Hon fick honom att vrida sig så hon kunde ställa sig bakom honom, och gav hans skuldror och rygg en härlig massage. Uppmuntrad av hans beröm masserade hon honom allt längre ner, tills de starka händerna cirkulerade just ovanför skinkorna.

"Kan du stå upp ett tag, tror du? Eller blir det för jobbigt med foten?"

Hon hade knappt sagt meningen klart förrän han reste sig. *Den smärtan kan jag ta.*

"Alltså, hur lång är du egentligen?" sa hon bakom hans rygg.

"En och åttionio. Och en halv."

"Och en halv", fnissade hon och la äntligen händerna på honom igen. Från axlarna gled de hela vägen ned till ändan, där hon noga kände sig för medan blodet bultande samlades i hans kön.

"Vet du en sak?" sa hon lågt. "Jag har fantiserat om att få klämma på den här ända sedan vi var i källaren."

Alexander blev uppriktigt förvånad. Källaren? Det var ju när hon fortfarande ville ha honom härifrån så fort det bara gick. *Där ser man!*

"Worth waiting for?"

"Absolut." Hon smög sig närmare och smekte honom över magen och vidare upp över bröstet. Hennes mjuka kropp, het av vattnet, trycktes mot honom och om hon inte avancerade snart skulle han nog bli tvungen att be om det.

Som om Victoria hört hans önskan letade hon sig nedåt igen. Hon strök längs ljumskarna och ner över låren innan hon försiktigt rörde vid roten med fingertopparna. *Äntligen.* Han var nästintill smärtfullt erigerad.

"Varför har du rakat bort håret egentligen?" Hon strök med fingrarna kring pungen medan hon väntade på ett svar, och han hade väldigt svårt att formulera något som lät någorlunda vettigt.

"Eh ... va? Ja, jag brukar göra det. Känns väl bara ... fräschare, antar jag."

"Så tycker du att jag är ofräsch, då? Som har könshår?"

"Nej, inte alls! Det gör dig kvinnlig. Kvinnlig och sexig." *Jag hade glömt hur grymt sexigt det är med hår glänsande av safter. Auran av ... mystik.*

"Jag känner mig rätt kvinnlig och sexig just nu", mumlade hon och slöt handen om honom. "Men samtidigt som den novis jag är. Jag vet inte ens hur hårt jag ska hålla."

"Oroa dig inte, du lär märka vad som funkar", pustade han. "Men nu måste jag nog få sätta mig ett tag."

Victoria hjälpte honom ned på pallen igen och satte sig sedan på hans ena lår. Prövande förde hon handen längst hela hans längd. Det ryckte i penisen och han fick tvinga sig själv att sitta still.

"Den är både hård och ändå mjuk", sa hon, mest för sig själv. "Och den rör sig?"

"Det är ett gott tecken", fick han fram. "När den rör sig."

Koncentrerat slöt hon handen om skaftet och började, med ett fast grepp och jämn rytm, bearbeta honom. Han blundade och lutade sig stönande bakåt, men då släppte hon honom tvärt.

"Oj, förlåt! Gjorde jag dig illa?"

Förbryllad slog han upp ögonen och lyckades fokusera på Victorias oroliga ansikte.

"Va? Nej, absolut inte ... Varför tror du det?"

"Du grimaserade. Som om du hade ont."

"Tro mig, jag var på väg mot raka motsatsen till smärta", log han. "Redigt snabbt också."

Nöjd och generad log hon mot honom, men la sedan huvudet på sned.

"Men i så fall ... Då borde du väl inte sett så där lidande ut. Borde du inte verka lite mer, jag vet inte ... glad?"

Alexander skrattade till och kysste bort hennes bekymrade min.

"Jag ska försöka anlägga en mer passande uppsyn i fortsättningen", viskade han mot hennes mun.

"Bra." Hon fattade tag om honom igen, mer säker den här gången, och låste sin blick i hans. Han la händerna på hennes axlar, släppte inte för en sekund kontakten med de där gröna ögonen, och medan njutningen stegrades kände han sitt leende bli bredare. Victoria strålade tillbaka, som bara hon kunde, och när han kom var det med ett rop av glädje. Omtumlad drog han henne intill sig, höll henne tätt mot sitt bubblande bröst, och medan hjärtat saktade sina slag sjönk insikten in.

Jag har nog aldrig varit så glad som jag är precis just nu.

* * *

När Victoria gled ur sömnen blev hon medveten om ett underligt ljud. Skrämd slog hon upp ögonen, och insåg då att det hon hört var andhämtningen från en sovande människa. *Alexander.*

Minnena från kvällen innan blommade upp igen. Pirrade i huden och la sig som bomull i magen. Hon kröp intill Alexanders rygg och smög armen om bröstkorgen. Drog in hans varma doft. Väl medveten om att det här kunde vara den enda natten med honom beslutade hon sig för att inte somna om. Dessa ofattbara timmar fick inte slösas bort. Hon ville vara medveten om varje enskild minut. Andas varje andetag i takt med hans.

Nästa gång Victoria vaknade var hon ensam i dubbelsängen. Hon uppfattade avlägsna dunkande och knarrande ljud som hon till en början inte kunde identifiera. Därefter hörde hon toalettdörren gnissla och förstod att Alexander tagit sig nedför den branta trappan. Någon minut senare vände ljuden tillbaka igen, ända fram till den öppna dörren, och feg som hon var låtsades hon sova. Täcket lyftes bakom henne och Alexander, sval och stor, makade sig in med knäna i hennes knäveck. Med en lång, sömnig utandning la han armen tätt om henne och med ens fick hon svårt att andas. Inte på grund av tyngden från hans arm, utan för att det kändes som om hjärtat snörptes ihop. Hon skulle komma att sakna det här.

Alldeles för mycket.

* * *

Alexander vaknade med armen om Victorias midja, en mage som gnällde av hunger och en mun som klibbade av törst. Eftersom han dessutom hoppat över tandborstningen igår var andedräkten inte att leka med, så trots att hon var så ljuvligt nyvaken besparade han henne morgonpussen.

"Sovit gott?"

"Mm." Småleende sträckte hon på sig, smidig som en katt, och han drog sig undan lite innan sensualiteten i hennes rörelser fick honom att strunta i både näringsintag och munsanering. Han vände blicken mot fönstret och spanade mot himlen som skymtade mellan spetsgardinerna.

"Hur länge tror du att vi sovit? Min mage säger mig i alla fall att det är långt efter frukostdags."

Victoria fick tag i en liten väckarklocka som stått på nattduksbordet, en sån där gammeldags, skrällande sak, och spärrade upp ögonen.

"Oj! Kvart över tio. Jag måste skynda mig ut till hönsen."

"Och jag behöver också utfodring. Gå ut till hönshuset du, så fixar jag nån frukost under tiden."

Victoria klev upp och började dra på sig kläder hon haft liggande på en stol. Alexander såg sig omkring. "Om jag hittar något att ha på mig, ska kanske tilläggas."

Victoria stannade upp och nickade, efter en kort tvekan, mot en smal dörr täckt med samma rosablommiga tapet som resten av väggen.

"Du kan leta reda på något i klädkammaren där. Några av morfars kläder hänger kvar längst in i till vänster."

Victoria skyndade iväg och lämnade något som kändes som ett vakuum efter sig. Det vitspetsiga och blommiga rummet förlorade i ett slag sin trivsel och atmosfär. Han huttrade till då han steg upp ur sängen och satte fötterna på det kalla golvet. Med täcket virat kring kroppen tog han sig in i klädkammaren och tände lampan genom att dra i ett gulnat, fransigt snöre. Det luktade ovädrat och hälften av den lilla golvytan upptogs av en hög byrå med en mängd lådor. Längs väggarna fanns det både väggfasta hyllor och klädstänger, men han fick motstå lusten att kolla igenom Victorias garderob. Nu var det frukost som gällde.

Han började bläddra bland morfaderns skjortor, men förstod snabbt att ingen av dem skulle ha bättre passform än någon annan. Istället plockade han en marinblå lammullströja från en hylla. Till det valde han ett par grå byxor, men kunde varken hitta några t-shirts eller underkläder. Trampande med frusna fötter drog han på måfå ut en låda i byrån. Victorias BH:ar, som han inte kunde låta bli att kika lite på. Han konstaterade snart att de var i den storlek han gissat och genomgående av god kvalitét. Dessutom såg de, till skillnad mot Gabriellas push-ups i spets, relativt bekväma ut. I nästa låda hittade han kalsonger och herrstrumpor, som han tacksamt drog på sig. Därefter gick jakten på t-shirt vidare, via bomullstrosor, strumpbyxor och sjalar, tills han drog ut en av de mindre lådorna och stirrade ned på en lila dildo, flankerad av en tub glidmedel och en vältummad novellsamling med erotiska noveller. *Åhå!* Flinande bläddrade han lite i pocketen, men lade snart tillbaka den för att fortsätta leta efter undertröjorna. Han fick föra den där boken på tal vid passande tillfälle, och höra med Victoria om hon hade någon favoritscen att hämta inspiration från ...

* * *

När Victoria stod bland hönsen och skrapade skit kändes nattens händelser nästan lika overkliga och avlägsna som en dröm. Alternativt som eggande minnen från en av filmerna i det numera låsta skåpet. Eller helt enkelt som något hon fantiserat ihop. När hon blivit klar med den här gråvardagliga sysslan och kunde gå tillbaka in, skulle hon förmodligen bli mer förvånad om Alexander var kvar än om han hade försvunnit igen, lika plötsligt som han kommit. *Verkar något för bra för att vara sant är det troligtvis det också.*

Men då hon kom in stod Alexander, påfallande verklig, vid spisen och kokade gröt, iklädd tröjan hon en gång köpt till morfar på Fars dag. Han vände sig leende om när han hörde henne komma, men kom av sig i hälsningen då något dånade förbi utanför fönstret. Plogbilen. Alexanders blick föll på mobilen han lagt på bordet, och med ens visste hon. Han skulle åka ifrån henne. Och det fanns inget hon kunde göra för att hålla honom kvar.

"Ringer du och beställer en taxi nu direkt? Eller stannar du över lunch?"

Han såg förvånat på henne, men protesterade inte. Istället vände han sig mot spisen för att rädda gröten från att brännas vid. Under en lång minut var träskedens skrapande och grötens pysande allt som hördes.

"Vad tror du om det här?" sa han till slut, med blicken i grytan.

"Jag åker hem och hämtar lite kläder och prylar, och laddar mobilen, för den dog i natt och folk kan börja undra vart jag är. Sen tar jag bilen och kommer tillbaka hit ikväll? Hur låter det?"

Alexander tittade upp på henne, med en min som om han på riktigt betvivlade att han skulle vara välkommen tillbaka. Lättad och modig gick hon fram och gav honom en puss på den raspiga kinden.

"Det låter helt perfekt", log hon. "Du kan få låna min, väldigt omoderna, mobil för att ringa taxibolaget."

Med en suck drog Alexander henne intill sig och kysste henne, hårdare än tidigare.

"Jag ska väl ta och passa på att köra förbi en affär också", sa han intill hennes öra. "Så det inte går åt lika mycket pappersnäsdukar och varmvatten vid nästa kurstillfälle."

* * *

En knapp timme senare satt Alexander i taxin, med skidjackan över Victorias morfars stickiga tröja. Skidorna och stavarna hade han, med glädje, lämnat kvar i snödrivan. De var så tydliga bevis på att han skulle komma tillbaka. Snart. Eller i alla fall sent ikväll. De hade bestämt att han både skulle passa på att hälsa på sina syskonbarn och träffa polarna en sväng, så kunde han stanna hos Victoria resten av lovet sedan, utan dåligt samvete. Eller, det skulle han kanske inte ha haft ändå. Men på det här sättet minimerade han risken att någon blev sur eller besviken.

Så småningom glesnade den vintervita granskogen och vägen blev rakare och bredare. Allt oftare passerade taxin enstaka hus och till slut kom de fram till Alexanders bostadsområde. Till lägenheten där han bott med Gabriella. Det var med en känsla av overklighet han spände på sig ryggsäcken och haltade uppför trapporna med skidpjäxorna på fötterna. För mindre än två dygn sedan hade han gått nedför samma trappor, eller snarare flytt, men det kändes som något som skett i ett annat liv.

Då mobilen hoppade igång plingade flera meddelanden fram. De flesta från Jens, som verkligen ville att de skulle på puben ikväll. Alexander suckade och skrev: *"Jag är hemma nu, men har en del att fixa och ska bort senare ikväll. Men du och Robban får gärna hänga här ett par timmar innan ni går ut. Jag kan köpa hem nåt käk. /A."*

Svaret kom direkt. *"Varför kommer du inte med ut? Hänt nåt?"*

"Ja. Något bra ☺ Ta med dig Robban och dyk upp här vid 18, så berättar jag mer ..."

Jens gjorde några nyfikna påtryckningar, men det hade han inget för. Nu var det syrran och ungarna som stod på tur. Efter ett byte till egna kläder, vill säga.

Moa och Vilgot kom galopperande genom hallen och kastade sig runt midjan på honom redan innan han stängt dörren ordentligt.

"Mamma! Morbror Alex är här nu!"

Paula kom ut från köket och gav sig in i gruppkramen hon med, men lyckades även notera att hennes lillebror inte stödde ordentligt på foten.

"Har du gjort dig illa?"

"Ja, jag stukade fotleden i förrgår. Men det är ingen fara. Det läker fint."

"I förrgår? När du åkte skidor?"

Moa kom i ett obevakat ögonblick åt att kittla Alexander i sidan, så han fick annat för sig än att svara på den, till synes, enkla frågan. Vilket inte kunde ha kommit mer lägligt. Han ville absolut inte ljuga för Paula. Men han ville heller inte berätta hela historien för henne. Inte riktigt än. Och han kände sin syster. Sa han A skulle hon inte ge sig förrän hon fått honom att rabbla upp minst halva alfabetet.

Efter lunch, bus och kaffe kramade Alexander om allihop igen, inklusive sin svåger Fredrik som var mer bekväm med handslag män emellan. Därefter körde han direkt vidare till stormarknaden. Eftersom han fortfarande hade ont i vänsterfoten var det lite besvärligt med kopplingen, men det var inte värre än att det gick, och snart hade han plockat ihop både middagsmat och en hel del godsaker att ta med till Viktoria. Framme i kassan la han två paket kondomer på bandet och fick bita sig i kinden för att försöka mota tillbaka det belåtna flin som ville fram. Då den gråskäggige kassören sneglade på honom, uppenbart road, kunde Alexander inte hålla sig längre, utan log brett medan han radade upp sina pajbitar, ädelostar, kex, kräftstjärtar, ljuslyktor och vindruvor.

"Lite synd bara att det inte är säsong för jordgubbar", sa kassören när Alexander drog kortet.

Ingen fara. Den här kvällen kan ändå inte bli mer perfekt.

* * *

Viktoria satte en duk på staffliet och tryckte ut klickar med färg på paletten. Tavlan var redan klar i hennes huvud, och hon hade många timmar på sig att måla den innan Alexander kom tillbaka.

Om han kom tillbaka.

* * *

Alexander hade både hunnit packa, duka och laga maten då Jens och Robban plingade på. Knappt hade han släppt in dem, förrän Jens utbrast:

"Nu har vi väntat i över sex timmar på att få veta vad det där bra som hänt är. Spit it out!"

"Lugn!" skrattade han. "Ni ska få veta, men ni kan ju kanske ta av er skorna först?"

Gästerna placerades vid bordet och fick istället för ett snabbt svar varsitt glas långsamt upphällt vin.

"Det är en brud", sa Robban. "Det måste vara en brud."

"Men när ska han ha hunnit träffa henne?" invände Jens. "Nej, det är på sin höjd en dejt. Han kanske äntligen har fått tummen ur och registrerat sig på en dejtingsajt."

Alexander tog fram en Ramlösa åt sig själv och satte sig ned på andra sidan bordet.

"Det är ingen *brud*. Det är en kvinna."

"Som du ska på dejt med?" frågade Jens.

Alexander skakade småleende på huvudet. "Jag har redan träffat henne. Både i förrgår och igår. Och i natt."

Jens och Robban utbytte en häpen blick och började sedan bombardera honom med frågor. Skrattande började han berätta, men märkte snart att killarnas entusiasm avtog. Drastiskt.

"Alex. Vänta ett tag", sa Jens efter en stund. Han ställde ned glaset och gned sig över pannan. "Backa bak till det där du sa om geväret. För, herregud, det lät inte bra alltså."

"Men det var ju bara då, när hon trodde att jag var ett hot. Jag hade ju faktiskt brutit mig in."

"Nej, du hade *gått* in", sa Robban. "Och hur som helst, bara det att hon bor där ensam med en katt i ett fallfärdigt hus som hon aldrig lämnar ... Ledsen att säga det, kompis, men den där bruden verkar mer än lovligt skum."

"Men det är bara för att ni inte har träffat henne än. Jag lovar, hon är helt fantastisk! Smart och rolig och när hon bara tvättade och fick bort tovorna ur håret och lät mig plocka hennes ögonbryn visade det sig att hon dessutom är vacker."

Jens satte upp handen. "Vänta igen. Ursäkta, sa du just 'fick bort tovorna ur håret'?"

Alexander harklade sig och pillade på ett nagelband. "Hon hade inte kammat sig på ett tag. Innan. Hon hade fått höra under hela sin uppväxt att hon var ful, fast hon inte är det, och till slut trodde hon på det och slutade väl bry sig ... Vilket inte är så konstigt."

Ingen sa något på ett tag, tills Jens suckade och frågade: "Hur ser hon ut då?"

Alexander tittade upp och letade efter orden som skulle kunna få dem att ändra sin negativa uppfattning om Viktoria. Sedan kom han på det: Fotot i mobilen. Det som han aldrig raderade. Snabbt bläddrade han fram det och räckte telefonen till Jens.

"Hon ser väl okej ut", sa Jens med en axelryckning. "I alla fall här, efter all redigering och alla filter du lagt på."

När Robban fick tag i mobilen studerade han fotot länge.

"Hon ser bekant ut", sa han till slut.

"Men du kan ju inte ha träffat henne", flikade Jens in. "Hon går ju aldrig ut."

"Nej alltså, hon ser ut som en äldre version av nån jag sett förut. Vad heter hon?"

"Hon heter Viktoria", sa Alexander. "Viktoria Sällman."

"Ja, men se på fan! Det är ju Gurra Sällmans lillasyster! Vrickan!"

Alexander var tvungen att hosta till för att få ordet över läpparna. "*Vrickan?*"

Robban hade i alla fall vett att se en aning förlägen ut. "Alltså, jag kände henne inte egentligen. Spelade bara hockey med hennes storebror ett par år. Gustav. Men hon gick på samma skola och folk kallade henne så ibland för ..." Han kastade en blick på Jens, suckade och tillade: "Ja, för att hon var vrickad, helt enkelt. Hon hade psykiska problem."

Alexander lutade sig tillbaka i stolen med armarna i kors. "Och det vet du hur då? För att du var hennes psykolog eller? Låter mer som om det var ännu en lögn som ni försökte få henne att tro på."

"Men tagga ner. Vad då *vi*? Nog för att det är möjligt att hon kan ha blivit mobbad som du säger, men *jag* hade inte någon del i det. Jag har aldrig bytt ett ord med henne i hela mitt liv! Men jag kände hennes brorsa och *han* snackade om att hon gick och träffade en psykolog. Knappast något han skulle ha haft anledning att hitta på, eller hur?"

Alexander fyllde glaset till brädden och tömde det med långsamma klunkar. När han var klar hade Robbans irritation bytts till medkänsla, vilket på många vis var värre.

"Vad var det hon fick hjälp med, då?" mumlade han.

Robban ryckte på axlarna. "Det vet jag inte. Men jag vet med säkerhet att det var långt ifrån någon engångsföreteelse."

"Det var förmodligen på grund av mobbningen. För att hon mådde dåligt av den."

"Så kan det ju vara." Robban drog handen genom håret och sökte sedan Alexanders blick. "Men du ... Låtsas för en stund att du är Jens. Tänk dig att du satt här och helt oförberedd lyssnade till historien som du just berättade. Den om den ovårdade, beväpnade kvinnan som i åratal isolerat sig i ett fallfärdigt hus mitt inne i skogen ... Helt ärligt. Hur skulle *du* ha reagerat?"

Alexander vände sig mot Jens, som för ovanlighetens skull suttit tyst under en lång stund.

"Varför säger du inget?"

Jens tog en klunk vin och skakade på huvudet. "Jag sitter här och tänker på alla härliga tjejer som mer än gärna skulle vilja få

124

ihop det med dig. Du har ju för tusan redan namnet på flera av dem! Men nej, du har inte ens visat det minsta lilla intresse att dejta nån. Det har varit för tidigt efter Gabbi, för mycket på jobbet och bla bla. Sen träffar du en psykiskt störd brud, drabbas av nån typ av Stockholmssyndrom och tänker dra iväg och bo med henne ute i skogen i en och en halv vecka? Vad sjutton?"

"Viktoria är inte *psykiskt störd*." Alexander sträckte på sig och spände käkarna. "Hon har dålig självkänsla och social fobi. Men när hon är med mig vågar hon utmana sig själv, och hon gör framsteg. Hon har gjort såna enorma framsteg, bara sen i tisdags!"

"Alex, som sagt", suckade Jens. "Det finns såna fina, härliga tjejer ... Häng med ut ikväll så hittar vi nån åt dig. En som inte är ett renoveringsprojekt."

"Men jag vill inte ha någon annan!" Alexander pratade för högt, men det struntade han i. "Varför ska det vara så svårt att respektera det? Varför kan ni inte bara vara glada för min skull?"

Orden blev hängande i kraftfältet som spände över bordet. Robban blåste långsamt ut luft och tog sedan ett djupt andetag. "Alex, min vän. Som vi alla vet var det inte så länge sen vi fick skrapa ihop resterna av dig, då Gabbi drog. Så ... en av de där härliga tjejerna som Jens pratar om känns helt klart som ett bättre val i det här läget. Du behöver ha kul, Alex. Inte börja extraknäcka som terapeut."

"Eller leverantör", sa Jens med en nick mot matkassen på köksgolvet. "För jag antar att hon skickade en beställning med dig?"

"Nej, det gjorde hon inte", sa Alexander mellan tänderna. "Hon har inte bett mig om något alls. Det var *jag* som ville köpa det där åt oss till ikväll. Så nu föreslår jag att vi äter så jag kommer iväg nån gång."

Pastan åts under tystnad, tills dörrklockan skrällde.

"Jag kan gå och öppna", sa Jens och studsade upp från stolen. Alexander anade genast oråd, och fick det bekräftat när Jens kom tillbaka med Paula i släptåg. *Men för i ...*

"Jag fick ett meddelande om att det uppkommit en kris-situation." Hon satte sig på stolen intill Alexanders och plockade åt sig en körsbärstomat från hans tallrik. "Vad har du nu hittat på, brorsan?"

* * *

Det tog ett par timmar innan Viktoria kom att tänka på att hon inte fått Alexanders telefonnummer. Men det spelade ingen roll. Hon skulle ändå aldrig ha vågat ringa honom.

Därefter insåg hon att han aldrig hade frågat efter hennes nummer. Först tänkte hon att inte heller det spelade någon roll, men ju längre kvällen led desto mer lättad blev hon över det faktum att han inte kunde kontakta henne, ens om han ville. För nu kunde hon hålla fast vid tanken att det var något som kommit i vägen. Han kanske hade fått problem med fotleden, och satt i väntrummet på akuten? Eller det kanske hade blivit något fel på bilen? Kanske hade hans syster, eller hennes man, blivit akut sjuk, så han blev tvungen att passa sina syskonbarn över natten?

Viktoria lyckades hålla hoppet någorlunda vid liv, ända tills hon gick in i klädkammaren för att hämta ett nattlinne från byrån. Någon, Alexander, hade rört till bland plaggen. Med bultande hjärta öppnade hon sin mest privata låda, och det rådde inga tvivel om att han även sett vad hon hade däri ... Vad ska han ha tänkt? *"Här är man då minsann överflödig"?*

Inte undra på att han struntade i att komma tillbaka.

Klumpen i magen höll henne vaken. Kall och svettig om vartannat vred hon sig mellan hopsnodda lakan som luktade främmande. Luktade av honom.

Halv ett hämtade hon nya sängkläder från linneskåpet. Hon drog bort de gamla, så häftigt att ett av kuddfodralen sprack i en söm, och slängde dem i en hög utanför dörren. En vanlig natt hade hon gått ner för att sova i soffan. Men morfars soffa skulle aldrig mer skänka henne någon trygghet och frid. Den skulle stå där som en ständig påminnelse om det som hänt. Ett luggslitet monument över det som kunde ha blivit.

* * *

"Men kom igen nu, Alex!" sluddrade Robban, nära hans öra för att överrösta den pumpande musiken. "Du försöker ju inte ens ha kul!"

Alexander gjorde en grimas och drog i sig en lång klunk genom sugröret. Ännu en gång ifrågasatte han sitt beslut att gå med på att följa med ut. Till en början hade han inte vikt en enda grad, men efter en och en halv timmes hetsig diskussion var läget tyvärr ett annat. Paula hade förstärkt sina argument med förtvivlan och tårar och Jens och Robban hade sett på honom som om de på riktigt betvivlade hans mentala hälsa. Stämningen hade blivit allt mer obehaglig och när han dessutom insett att han glömt av sig och druckit ett helt glas vin, och därmed sumpat bilkörningen, hade han till slut tappat orken till att strida för sin sak. Så det här slaget var snöpligt förlorat, men kriget var inte slut för det.

"Jag är här i alla fall", muttrade han. "Precis som ni ville."

"Ja, men du måste ju bjuda till lite också. Kom, så går vi och dansar med de där två tjejerna där borta vid pelaren. De spanar hitåt typ hela tiden."

Han kastade en pliktskyldig blick åt deras håll och fick genast leenden och vinkningar tillbaka. *För unga. För fixade. För uppenbara.*

"Nice, de kommer hit!" väste Robban exalterat. Själv kunde han inte hålla tillbaka en suck. Om han gick in för att vara riktigt tråkig kanske de gav sig av igen?

Tjejerna bjöd in sig själva vid bordet och efter ett tag kom även Jens dit och tryckte sig ner. Hon som presenterat sig som Camilla hamnade ännu närmare Alexander, vilket hon inte var sen att utnyttja. Hennes högra bröst strök ideligen förbi hans arm, hur långt bort han än försökte dra sig, och hon bombarderade honom leende med frågor som han just så pass besvarade.

"Men, du!" tjöt hon glatt. "Min bästa kompis, Erika, jobbar också på den skolan! På fritids!"

"Erika Nilsson?"

"Ja! Så häftigt! Vad är oddsen för det, liksom?"

"Inte så värst höga. Stan är inte så stor precis."

"Nej, men ändå! Hon hade ju kunnat vara ... hårfrisörska, till exempel. Och då hade ni ju inte kunnat jobba tillsammans alls!"

Alexander suckade djupt, inombords, tömde glaset och la ner ambitionen att vara hyfsat artig. Strunt samma om den här babblande bruden snackade illa om honom med Erika. Han kunde inte bry sig mindre.

"Jag måste på toa", mumlade han, mitt i Camillas ordflöde, och reste sig upp. Som väntat följde Jens honom i hasorna.

"Ska du följa med och hålla, eller?"

"Äh, lägg av. Jag kollar så att du inte gör något dumt. Som att fylleköra till urskogen."

"Men att dra hem med en random bimbo anser ni inte vara det minsta dumt? Nej, nu skiter jag i det här. Jag vill hem och sova. Nu."

"Eh, okej ... Då ringer jag Paula. Hon sa att hon kunde komma och hämta dig."

"Men seriöst! Ska jag ha barnvakt varenda sekund från och med nu, eller? Det är typ en halv kilometer. Jag tror nog att jag fixar att ta mig hem, alldeles själv. Och känns det bättre kan jag lova, på heder och samvete, att jag inte ska sätta mig bakom ratten onykter. Okej?"

Jens hade dragit fram mobilen och stod och vägde den i handen. Han bet sig i underläppen och såg sig omkring, men nickade till slut. "Okej. Vi får höras imorgon, då."

"Jag ringer när jag vaknar", muttrade Alexander och gick mot garderoben. Han var väl medveten om att Jens inte hade stoppat bort telefonen, och förmodligen stod och messade hans syster precis just nu för att berätta att objektet var på väg hem. Hans egen mobil hade de fått honom att lämna kvar i lägenheten, så hon skulle förmodligen börja ringa på den om en kvart eller så. Fick hon inte svar inom rimlig tid skulle hon ge sig ut och leta efter honom. Men då skulle det vara för sent. Taxikön var bara två personer lång.

*　*　*

De rena, svala sängkläderna hade en viss lugnande effekt, så Victoria hade till slut lyckats somna. Men sedan slets nattens tystnad itu av en genomträngande signal. Det tog ett par förvirrade sekunder innan hon kunde placera ljudet. En biltuta. Här, på gården. Hon stapplade fram till fönstret och hann precis se Alexander häva sig ur en taxi. Han var klädd i snygg rock och blanka skor och var märkbart berusad. Raskt halvhoppade han iväg mot bron, men taxichauffören slog upp dörren och ropade efter honom. Alexander slog ut med händerna i en lättolkad gest, och hon stack suckande fötterna i tofflorna. Vad kunde en taxiresa hit ut kosta?

När hon kommit ned drog hon jackan över morgonrocken och gick ut på gården. Chauffören var ordentligt upprörd, men tystnade i samma ögonblick han såg plånboken hon höll i handen.

"Vad är han skyldig?" sade hon kort, utan att se på Alexander.

"358 spänn!"

"Här, ta 400." Hon räknade fram pengarna och log mekaniskt åt den blidkade chauffören.

"Jag betalar igen dig sen," sa Alexander bakom hennes rygg. "När jag fått tillbaka mina pengar."

Taxin backade ut från uppfarten och Victoria vände sig till slut om mot Alexander. "Vad är det du säger? Har du blivit rånad?"

Han bet sig i läppen och följde taxin med blicken tills den försvann bakom en krök. Han rös till och först då märkte hon själv hur bitande kallt det var.

"Kan vi gå in?" frågade han tyst.

* * *

Alexander följde Victoria mot huset, kall ända in i magen. Hur skulle han kunna förklara det som hänt, på ett sätt som både var ärligt och lugnande? Allt han ville var att hålla om henne, hårt och länge, men deras återförening hade inte alls blivit som han hoppats.

"Jag tänker koka upp tevatten", sa hon i hallen. "Vill du ha?"

"Ja, tack", svarade han till hennes rygg, förtvivlad över stelheten i deras ord. Han var tvungen att slå hål i isen. Nu.

"Victoria, kan du vänta lite?"

Hon stannade vid ingången till köket, flera meter bort. Hon drog morgonrocken tätare om sig och såg tyst på honom.

"Jag vill bara att du ska veta att jag ville komma tillbaka mycket tidigare. Jag hade gjort det, om jag hade kunnat. Och jag förstår att du undrar över varför jag druckit och inte har några pengar och så. Och jag ska berätta allt, men ..."

"Vad var det som hindrade dig?"

"Från att komma hit?" Han hörde själv hur dumt det lät. Men han behövde få tid att tänka igenom sitt svar. Så mycket förstod han, trötthet och alkoholdimma till trots, att sa han fel nu kunde saker gå sönder bortom räddning.

"Fördomar", sa han till slut. "Andras fördomar."

"Om mig?"

"Om dig. Men jag kommer inte låta någon syster eller polare bestämma vad jag bör göra och inte. Eller var jag bör vara och inte. För jag vill vara här, med dig."

Victoria höjde ett ögonbryn. "Så de tog dina pengar?"

"Och min telefon. Sen tvingade de mig att gå på krogen och köpte drinkar åt mig."

Det ryckte i Victorias mungipa. "Stackars dig. Men sen flydde du från din misär och tog en taxi hit?"

"Precis så. Och nu är jag där jag allra helst vill vara."

"Verkligen? På en fuktig trasmatta i en dragig hall?"

Äntligen sprack hon upp i ett välkomnande leende och äntligen kunde han gå fram och sluta henne i sina armar. Hon tryckte kinden mot hans bröst och drog ett djupt, långsamt andetag.

"Vad gott du luktar."

Efter en stund kikade Victoria upp på honom, frigjorde ena handen och lade fingertopparna mot hans kind. "Du ser annorlunda ut. Mer ... *distingerad*, tror jag det heter."

Det var uppenbart att hon inte var odelat glad över förändringen.

"Jag har haft tillgång till mitt eget badrum igen", sa han lätt. "Och min egen garderob."

Victoria flyttade handen till hans cut away-krage och strök försiktigt över ena skjortsnibben. "Med det där håret och de här kläderna ... Du ser ut som nån från en Hollywood-film."

"Hjälte eller skurk?"

Hon skrattade till och gav honom ett snett leende. "Lite av båda, faktiskt."

"Dubbelt så stor chans att jag inte stryker med redan i början av filmen, med andra ord. Men ingen har gett mig något manus att plugga in, så jag har inte någon bevingad replik att dra till med nu för att försöka vinna hjältinnans gunst. Så ... *Nobody puts Baby in a corner?*"

"Bättre än så kan du nog allt", fnissade hon. "Kanske ... något från Top Gun?"

Victorias kinder glödde och han anade vad hon förhoppningsvis hade i tankarna.

"Menar du Meg Ryans replik? Vid pianot?"

Hon nickade förtjust, så han böjde sig fram och viskade inlevelsefullt:

"*Take me to bed or lose me forever.*"

* * *

De skyndade uppför trappan och in mellan de blommande väggarna i Victorias sovrum. Yr av upphetsning drog hon

Alexander med sig ned på sängen och virade benen runt hans höfter.

"Går det bra?" sa han mellan kyssarna. "Får du luft?"

"Ja. Jag vill känna tyngden av dig. Känna att du verkligen är här."

"Jag är här", svarade han lågt. "Jag är här."

Alexanders händer hade letat sig in under Victorias pyjamasjacka, men själv kunde hon inte komma åt honom för alla hindrade, väl åtknäppta kläder.

"Vet du vad jag vill nu?" viskade hon.

"Nej, berätta."

"Vara hud mot hud ... Under täcket, för det är så kallt. Och helst skulle jag vilja att det liksom ... räcker länge."

Alexander skrattade till mot hennes hals. Men det var inget skratt som fick henne att känna sig dum.

"Förlåt. Men du vet det där jag sa om att inte kunna gå från noll till hundra så fort längre? Det som inte alls visade sig stämma när det handlar om dig?" Han pausade, med glittrande ögon. "Jo, det är så att jag har haft ett liknande besvär. Ett som handlade om att ens kunna ta sig i mål ... Så sprinterloppen igår kväll måste helt enkelt ha berott på dig."

Han rullade runt så hon hamnade grensle över honom och tog sig an knapparna i pyjamasen. "Men som James säger till miss Sophie varje nyårsafton, när hon ber att få ta del av hans tjänster i ett helt annat rum än matsalen: *I'll do my very best.*"

* * *

Den tickande väckarklockan var nästan halv fem när Victoria somnade på hans arm. Själv var Alexander för uppfylld av tankar och intryck för att ens kunna tänka på sömn. Han kunde knappt sätta ord på det han just varit en del av. Det hade varit ... som i en av de där Hollywoodfilmerna hon snackat om. Hade *Take my breath away* börjat spelas ur osynliga högtalare mitt under sexet, nej ... akten, hade han knappt blivit förvånad. För det hade inte kunnat vara mer perfekt även om det *hade* varit koreograferat. De långsamma, sensuella rörelserna. De innerliga kyssarna och målmedvetna smekningarna. Det hade varit mer kroppskontakt och ögonkontakt än han någonsin varit i närheten av, och de hade viskat varandras namn. Ropat dem. Mer än en gång hade det varit nära att han viskat något mer också. Något som det varit galenskap att säga. Något han ännu inte visste om det en dag skulle bli sant. Men en sak visste han. Nu, under deras tredje "lektion" var det inte sex de hade ägnat sig åt.

Han och Victoria hade älskat med varandra.

* * *

På denna deras andra morgon var det Victoria som vaknade först. Alexander sov ännu djupt, så hon gled tyst ur sängen och

136

gjorde sig klar att gå ut till hönshuset. Hon hade inte fått ihop många timmars sömn men kände sig inte alls tung i huvudet eller kroppen, utan lätt. Lätt och tillfreds ... och rätt öm i diverse muskler.

När Victoria kommit in igen gick hon till köket för att göra i ordning en frukostbricka. Äta frukost i sängen med någon var ännu en sak hon aldrig trott att hon skulle få göra, så hon ville definitivt inte försitta chansen. Gnolandes satte hon på kaffe och bredde smörgåsar när hennes mobiltelefon började ringa, från sin plats ovanpå köksfläkten. Den ende som med långa mellanrum ringde henne var hennes bror, men han hade ju varit förbi här på julafton. Vad i all världen kunde han vilja henne nu? Kunde det ha hänt något med någon av deras föräldrar?

Gustavs nummer stod mycket riktigt på displayen så hon satte sig i kökssoffan, beredd på det värsta.

"Tja, syrran! Läget?"

Han skulle knappast ha inlett samtalet så där om någon hade dött, intalade hon sig. Men hjärtat bultade fortfarande hårt.

"Ja ... det är väl bra? Själv?"

"Jodå. Lite bakis, men det kan jag ju bara skylla på mig själv. Men du, det hände något skumt igår, som du nog bör känna till."

Han tystnade, så hon fick ett infall att skynda på honom.

"Vad då? Vad är det som har hänt?"

"Nja, det har väl egentligen inte hänt så mycket. Men jag fick ett meddelande från en kille jag spelade hockey med. Jag har inte hört av honom sen jag slutade, och det är ju en jäkla massa år sen, men nu hörde han som sagt helt plötsligt av sig, typ mitt i natten. Och han frågade inte vad jag gjorde nu eller om jag ville ses eller nåt. Vilket ju hade varit det normala, kan man ju tänka."

"Vad frågade han då?"

"Ja, det var ju det som var så skumt. Han frågade ... var min syster bodde."

"Va?"

"Ja, jag frågade så klart varför han ville veta det, men jag fick inget vettigt svar. Så jag skrev att han kunde skita ner sig."

"Nej, det gjorde du inte!"

"Nej, inte exakt dom orden kanske. Men jag berättade det i alla fall inte."

"Tack."

Det blev tyst en lång stund, innan Gustav frågade:

"Vet *du* varför Robban efterlyser din adress?"

"Ja, tyvärr gör jag det ... Det är rätt komplicerat."

"Nåt du behöver hjälp med?"

"Nej, det är lugnt", suckade hon. "Men tack för att du frågar."

"Ingen orsak, syrran. Och det är bara att du hör av dig om det blir så att du faktiskt behöver hjälp, det vet du va?"

"Ja. Tack, Gustav. Vi hörs."

Hon blev sittande med telefonen i handen tills hon märkte att Alexander stod i dörröppningen.

"Var det din bror som ringde?"

"Ja. En av dina kompisar hade tydligen kontaktat honom för att försöka få tag i min adress."

Han gick fram till henne och la varligt telefonen på bordet.

"De tycker verkligen att det är fruktansvärt att du är här", sa hon tonlöst. "Eller hur?"

"De har ingen aning om nånting, Victoria. Vi kan bara strunta i dem."

Hon skakade långsamt på huvudet. "Vad är det för hemskt de tror om mig egentligen? Att jag håller dig fången här?"

Alexander lyfte den kokande kaffepannan från plattan innan han satte sig bredvid henne i soffan. "De har nog bara fått för sig ... att jag skulle ha det bättre med någon annan."

Hon drog ett andetag som blev en snyftning och såg ned på sina händer. "Det skulle du ju."

"Varför säger du så?"

"Därför att jag vet hur viktig din familj är. Samma sak med dina kompisar och ditt jobb och dina kollegor. Du har ett liv därute, i världen. Du åker på resor och går på fester och middagar, på krogen och gymmet och allt möjligt och trivs som fisken i vattnet där. Men jag? Jag kan inte vara en del av något av det där. Aldrig någonsin."

Alexander såg förvirrat på henne, vilket fick hennes inre att dra ihop sig i en hård klump. *Han hade inte förstått.*

"Men ... du har ju förändrats så mycket, bara på ett par dagar. När jag först träffade dig så ..."

"Det hör inte hit", avbröt hon honom. "Att jag kan vara mig själv tillsammans med dig, här i huset, är ett undantag. Ett fullständigt otippat undantag. För jag kan inte umgås med folk, Alexander. Jag klarar inte ens av att gå in i en affär och handla längre."

"Inte förut kanske, men nu när du vet att du inte är ful som de fått dig att tro, så kommer det väl att bli skillnad?"

Hon suckade och torkade sig med fingret i ögonvrån.

"Det är inte så enkelt ... Det sitter för djupt. Så om jag skulle försöka följa med dig någonstans ... Förmodligen skulle jag få en ångestattack redan innan vi lämnade gården. Det skulle aldrig gå. Jag är ledsen."

"Men det måste väl finnas någon behandling?"

"Jag vill inte knapra några piller, om det är det du menar."

"Eh ... okej. Men det finns ju annan behandling för psykiska besvär, så det handlar väl bara om att hitta rätt instans, så ..."

Victoria ställde sig tvärt upp och gick tillbaka till smörgåsarna.

"Jag pratade med psykologer när jag var barn", sa hon kort, "och de gjorde bara allting värre. Nej, det bästa jag gjort var att flytta in här."

Han sa inget mer, så hon fortsatte med maten. Brickan ställde hon resolut tillbaka på dess plats bredvid skafferiet innan hon vände sig för att ställa fram kopparna på bordet. Alexander satt och betraktade henne med hakan vilande mot sina knutna händer.

"Hur långt är du beredd att gå?" frågade han när hon satt sig.

"I vad, menar du?"

"När det gäller att ge det här, oss, en chans. Jag ... måste få veta det."

Victoria fick en klump i halsen när hon insåg vad som skulle kunna hända under den här frukosten. Hon öppnade munnen men fick inte fram ett ord.

"Jag kan börja." Alexander snurrade koppen mellan händerna och fuktade läpparna. "Om vi bestämmer oss för att fortsätta träffas, ska jag få dem att acceptera mitt beslut. Helst förstå det, men i alla fall acceptera. Och jag kan köra hit, ofta. Inte varje kväll, men ofta. Jag träffar gärna din bror och dina föräldrar, men om du inte vill så behöver jag inte göra det. Men jag vill att du berättar för dem om mig. Och jag vill ... att du börjar ta små steg utanför din bekvämlighetszon."

Hon kände svett bryta fram i pannan.

"Vilken typ av steg?"

"Ja, det leder väl oss tillbaka till den första frågan. Hur långt är du beredd att gå för att försöka få det här att fungera?"

Det började sticka i händerna och klumpen i halsen tycktes växa. Därefter drog ångesten åt greppet och tog över hennes kropp.

"Victoria? Hur är det?"

Hon kunde inte svara. Kunde inte tänka.

"Har du en ångestattack? Eller ja, det ser jag att du har. Ingen fara. Den kommer att gå över om en stund, men nu måste du komma ihåg att andas lugnt. Här." Han tog hennes hand och pressade den mjukt mot hennes mage. "Känner du din hand mot magen? Känner du hur den rör sig när du andas?"

Alexander pratade på och hans stadiga röst fick henne att styra en del av fokus bort från paniken och mot sin egen fåniga hand. Så småningom avtog ångesten och efter några plågsamma minuter klingade den av helt. Hon lät Alexander hjälpa henne bort till kökssoffan där hon kunde halvligga mot kuddarna.

"Hur känns det nu?"

"Okej, antar jag. Jag mår lite illa."

"Vill du ha något?"

"Lite vatten, tack."

"Jag fixar det."

Victoria smuttade på vattnet och insåg att hon återhämtade sig förvånansvärt snabbt. Trots, eller tack vare, att det var länge sedan hon haft någon attack. Hon harklade sig.

"Hur visste du vad du skulle göra? Känner du någon annan som ..."

Han skakade på huvudet. "Nej, jag har aldrig sett någon få en panikattack förut. Men jag läste en grej på nätet en gång. En sån där lista med vad man kunde göra för att hjälpa."

"Aha. Du gjorde det bra i alla fall. Tack."

"Glad att jag kunde hjälpa. Men ledsen om det var jag som var orsaken till det ..."

Hon ryckte på axlarna. "Det hade hänt förr eller senare ändå. Kanske lika bra att du fick se det redan nu."

Han log osäkert.

"Därför att ...?"

"Därför att nu vet du exakt vad som kan hända om jag går in i en affär eller på en restaurang eller så. Nu vet du ... hur sjuk jag är."

Alexander såg ut att tänka ihop någon form av protest, men hann inte säga något eftersom en bil precis då svängde in på uppfarten.

"Fan också. Det är Robbans bil", sa han mellan tänderna.

Victorias puls började omedelbart stiga.

"Jag vill inte att ... de kommer in hit."

"Nej, ingen risk att de får göra det! Och de kan då glömma att de ska få in mig i den där bilen."

Det sög till i magen när Victoria såg en trolig scen framför sig. Alexander och hans vänner skulle stå på gårdsplanen och prata allt mer upprört. Skrika och slunga vredgade ord mot varandra, som aldrig gick att ta tillbaka.

Allt på grund av henne.

"Nej, men åk du", sa hon lätt. "Det är okej."

Alexander rynkade pannan, men nickade sedan.

"Ja, det blir väl lugnast så. Att jag åker hem och snackar med dem, eller snarare skäller ut dem, och ringer dig sen. Så ... jag måste skriva upp ditt telefonnummer. Har du papper nära?"

"I översta lådan vid kylen."

Alexander rotade fram block och penna och skrev hastigt två lappar. Ett med hennes nummer och ett med sitt eget, som han lämnade kvar på diskbänken.

"Klarar du dig nu?"

Hon kunde bara nicka och låta honom kyssa henne adjö. Ytterdörren slog igen och efter en stund nådde den kalla fläkten fram till soffan där hon låg med tårar rinnande nedför kinderna. När hon blev tvungen att gå och snyta sig i hushållspapperet fick hon syn på lappen han lämnat. Ett nedrafsat nummer följt av ett kort filmcitat: *I'll be back.*

* * *

Både Robban och Jens befann sig i bilen och utan ett ord satte han sig i baksätet.

"Visst är det där dina skidor", sa Jens och pekade mot bron.

"Ska vi ..."

"Lämna dem där", klippte Alexander av. "Kör."

"Okej, okej." Jens slog ut med händerna i en urskuldande gest och Robban backade ut på vägen.

"Jag vet inte ens om jag vill veta hur ni fick tag i den här adressen, nu när Gustav vägrade hjälpa er. Men jag *vill* veta vad fan ni har för problem."

"Du bara drog igår", sa Jens. "Vet du hur orolig Paula har varit?"

144

"Varför det? Ni hade ju bevisligen fattat vart jag åkt!"

"Ja, precis därför. Det här är ju som bekant det enda ställe där du haft ett laddat gevär riktat mot skallen."

"Men släpp det där nån gång!"

Alexanders uppmaning möttes av tystnad, och han lutade sig med korsade armar tillbaka i sätet. Han satt så tills de parkerat utanför hans hus, och först då, när bilen stod stilla, släppte Jens bomben.

"Paula ville att vi skulle hälsa dig en sak. Att om du åker tillbaka dit kommer hon att polisanmäla den där bruden, för olaga hot."

* * *

Återigen var Victoria lämnad ensam med sin väntan, så efter hon tvingat i sig lite frukost tog hon med sig mobilen upp till ateljén. Tavlan hon arbetat med dagen innan stod fortfarande på staffliet, och när hon mötte Alexanders blick från duken hajade hon nästan till. Hon hade lyckats få porträttet så otroligt likt, ända från skrattrynkorna vid ögonen till det varma och lite sneda leendet. Så även om hennes minnesbilder bleknade skulle hon alltid ha det här kvar. Beviset för att Alexander Carino suttit i hennes soffa och en gång sett på henne precis så där.

Hon gjorde iordning en ny duk och skissade upp en bild av den sovande Alexander. När hon nästan hunnit rita klart sängen,

145

plingade det till i mobilen. Först efter en lång stund vågade hon läsa vad det stod:

"Jag har en massa att reda upp, så jag kan tyvärr inte komma tillbaka idag. Jag ringer dig senare ikväll. Puss/A."

När hon väl lyfte pennan igen darrade hon lätt på handen. Men det var bäst att hon skyndade sig att göra klart, medan hon ännu hade bilden tydlig inom sig.

* * *

Alexander hade knappt kommit in i lägenheten förrän det ringde på dörren. Som väntat var det Paula som stod där ute, röd och svullen runt ögonen, och Fredrik hade hon dragit med sig också. Hon vände sig mot honom som för en kram, men han lutade sig mot väggen med armarna i kors.

"Jag må vara din lillebror, men jag är 39 år gammal, Paula", sa han torrt. "Och vad hände förresten med dina fina ord om att 'så länge en inte gör någon annan illa får en göra vad en vill'? Glömde du nämna att det tydligen bara gäller för vissa?"

"Men det här är väl ändå skillnad. För vad händer nästa gång hon känner sig hotad? Eller om ni grälar och hon blir förbannad på dig? Vi ... vi kan inte låta dig ta den risken, Alex!"

"För det första finns det ingen risk för att Victoria skulle göra mig illa, och för det andra så undrar jag fortfarande varför *ni* klampar in och styr och ställer över *mitt* liv."

146

Paula fattade tag i Fredriks hand och gav Alexander en lång, tårblank blick. "Det är för att vi älskar dig så mycket, förstår du väl. Om något hände dig ..." Ansiktet förvreds i gråt och Fredrik drog in henne i famnen.

"Vi ringde er pappa i morse", sa han över hennes huvud. "Och Sara och Steve. De ..."

"... köpte er version rakt av, utgår jag från. För min är det ju bevisligen ingen som är intresserad av."

Under en lång minut var Paulas snörvlande allt som hördes i den smala hallen medan Fredrik studerade honom med sammanpressade läppar.

"Okej, då", sa han till slut. "Berätta för oss."

Alexander nickade och väntade tills de hängt av sig ytterkläderna. Därefter ledde han dem bort till köket.

"Jag måste äta först. Är det nån som vill ha nåt?"

* * *

Victoria målade i flera timmar, och gick sedan ned för att äta lunch. Lucifer väntade på henne i köket som vanligt, men för första gången kändes det konstigt att äta i en katts sällskap och hon gav upp sina krystade försök att småprata till honom.

Med en tung känsla i magen betraktade hon stolen där Alexander suttit i morse. Varje ord från samtalet spelades upp i huvudet och hon letade förgäves efter det ställe där hon kunnat

147

säga något annat än det hon gjort. *Jag var tvungen att säga sanningen*, intalade hon sig själv. *Jag kan inte låta honom hoppas på något som aldrig kommer att hända.*

Victoria målade i lampsken ända tills det inte längre var lönt att laga någon middag. Medan hon tinade bröd för att kunna göra sig några smörgåsar, ringde slutligen telefonen. Efter fyra signaler svarade hon, med bultande hjärta och ena handen stödd mot köksbänken.

"Hej, Victoria. Det är jag." Han lät dämpad. "Hur går det för dig?"

"Jo ... det går bra. Jag har målat. Själv?"

Kort paus.

"Paula och hennes man Fredrik var här i ett par timmar. De lovade att lyssna till vår berättelse, och ... ja, lyssnade gjorde de väl. Men jag kan väl inte påstå att de fick full förståelse för mina val."

Det klack till i henne på ett nästan smärtsamt sätt.

"Vänta. Vad sa du nu? Vår berättelse? Har du berättat för dem om ... allt vi gjort?"

Det blev tyst i luren.

"Har du det?"

Han hostade till. "Inte ... i detalj."

Victoria sjönk ned på en stol. Husets väggar hade varit de vattentäta skotten mot omvärlden så länge, men nu fanns helt plötsligt intima bilder av henne i okända människors minnen. Det kändes så overkligt. Det rörde sig för fort för att hon skulle ha en chans att hinna med.

"Victoria? Är du kvar?"

"Ja, jag ... måste få smälta det där ett tag. Det ... Jag menar, jag har ingen som helst aning om vilka de är, men nu vet de ... *det där* om mig. Det får mig att känna mig ... blottad."

"Jag är ledsen för det, men ... jag ville så gärna att de skulle förstå. För de har hakat upp sig vid det där med geväret och sen ..."

"Har du berättat det också!"

"Ja, tyvärr", sa han dovt. "Och fick jag möjligheten att ta tillbaka en enda sak jag sagt i mitt liv, så är det detta. Men det kan jag inte. Så jag försöker göra allt jag kan för att de ska kunna se förbi det och det faktum att du isolerat dig som du gör. För jag vill så gärna att de ska se det jag ser."

De blev tysta en lång stund, innan Victoria motvilligt frågade:

"Lyckades du göra några framsteg alls?"

"Ja ... de sa i alla fall en sak som måste ses som något positivt."

"Vad var det?"

"Att de, eller Paula nu i första läget, vill träffa dig."

Det kändes som hon svalt en näve iskallt grus.

"Vill hon *komma hit*!?"

Hans tystnad var svar nog. Hon visste vad som skulle komma därnäst.

Men han sa det ändå.

"Det är som ... ett villkor hon satt upp. Hon, och de andra, kommer att fortsätta sätta sig på tvären annars."

"Men ... jag kan inte göra det", sa hon tyst. "Det vet du ju."

"Kan du i alla fall tänka över det?"

Hon andades djupt ett par gånger och slöt ögonen.

"Ringer du mig imorgon?"

Högtalaren mot hennes öra gjorde det omöjligt att undgå höra sucken.

"Ja, det gör jag. Så ... sov gott. Vi hörs."

Hon fick just så pass fram ett svar.

"Vi hörs."

* * *

Alexander avslutade samtalet och la ifrån sig telefonen på soffbordet. Efter en stund kom Paula tillbaka från köket och satte sig bredvid honom. Hon la handen på hans knä men han orkade inte schasa bort henne.

"Gick hon med på det?"

Han ruskade på huvudet och märkte att han satt och knäckte med knogarna. En ovana han trott att han slutat med för länge sedan.

"Det säger väl det mesta, va?"

Han ville ruska på huvudet igen, hårdare, men insåg att det förmodligen inte skulle ge ett så moget intryck.

"Ni kan väl i alla fall ge henne lite tid."

Paula ryckte på axlarna.

"Javisst, hon kan få hur mycket tid som helst. Det är nog till och med lika bra, för då hinner ju du tänka efter en del också. Och förhoppningsvis inse ett och annat innan det går för långt."

Alexander föste bort hennes hand och reste sig upp.

"Det är nog fan det som är värst. Att ni tror att ni gör mig nån jävla tjänst!"

"Men det är ju det vi gör! För du kommer inte att kunna ändra på henne, hur gärna du än vill. Och jag känner dig för bra, Alex. Du kommer inte att nöja dig med att ha det som ni har det nu. Inte i längden."

Han slängde sig ner i fåtöljen och drog handen genom håret.

"Om jag bara lyckas övertala henne att söka hjälp. Då kan hon bli bättre."

Paulas mörka ögon blev blanka igen.

"Alex ... Jag lyssnade på dig idag, och nu vill jag att du lyssnar på mig. För det här är viktigt." Hon lutade sig fram och gav honom skolexemplet på en medlidsam blick.

"Jag är ledsen, men du kan inte ändra på någon annan än dig själv, hur gärna du än vill."

* * *

Victoria satt på sängkanten och försökte formulera ett meddelande att skicka till Alexander. Gång på gång raderade hon och formulerade om, utan att hitta rätt. Varför var det så svårt att hitta orden nu, när de brukat komma så lätt när hon pratat med honom? Men hon fick inte ge upp. Sucken susade fortfarande i öronen, och hon kände i hela kroppen att hon var tvungen att lägga något i den andra vågskålen. Innan allt tippade över och föll.

* * *

Alexander var inte det minsta sömnig, men hade ändå gått och lagt sig. Han låg och scrollade på telefonen utan att egentligen läsa något, när han fick ett meddelande. Från Victoria. Med en ilning av förväntan satte han sig upp och klickade fram det.

"Jag måste ju göra ett gott första intryck. Så ... vad har hon för favoritkakor?"

Ilningen exploderade i en stjärnkaskad. Han ville springa ut på balkongen och ropa ut sin glädje till främlingar nere på gatan. Och sen skulle han ringa Paula och berätta att hon haft *fel, fel, fel!*

"Hallongrottor! Hon gillar hallongrottor! Och jag gillar dig."

Svaret kom nästan direkt.

"Inte bara min hallongrotta?"

Han skrattade rakt ut, så högt att grannarna möjligtvis trodde att han blivit knäpp.

"Den är förvisso en av mina favoritdelar ... Men jag gillar hela dig. Mycket."

Fånigt leende väntade han på hennes nästa meddelande och öppnade det i samma millisekund det kom fram.

"Jag gillar dig också. Speciellt den bakersta biten."

Minnen från förra natten vältrade fram och blev upphov till en annan typ av ilningar. Om han ändå hade haft henne här nu ...

"Du kan få klämma på den imorgon om du vill, innan tepartyt ... Paula skulle åka in och jobba ett par timmar på fm, så hon kan inte komma förrän tidigast efter lunch. Men jag jobbar inte ..."

Den här gången dröjde Victorias svar längre. Hon kanske inte alls hade tänkt att det skulle bli redan imorgon? Han började skriva ihop en fråga om det, men då kom nästa meddelande.

"Då säger vi så. Sov gott och dröm sköna drömmar ..."

"Jag ska bara ringa Paula och berätta den goda nyheten först! Sen ska jag sova så det blir morgon fort så jag kan komma och träffa dig igen. Puss och sov gott."

Alexander njöt av känslan att kunna ringa sin syster och lämna besked om planen för morgondagen. Nu skulle den där olyckskorpen få så hon teg.

* * *

Victoria begravde ansiktet i händerna. Imorgon. Alexanders syster skulle redan imorgon komma och få sina misstankar

153

bekräftade. Komma hit och se att hon inte dög. För det fanns inte en chans att hon skulle kunna göra något gott intryck, hur många småkakor hon än ställde fram. Hon skulle vara en social katastrof och göra så många fel att inga rätt skulle märkas. Det var dömt att misslyckas. Men det var det enda hon kunde göra. För om hon inte ens försökte skulle Alexander glida ur hennes liv för att aldrig komma tillbaka. Hon visste det, lika säkert som om han sagt det själv.

Med tunga steg gick hon till klädkammaren och letade fram sina trädgårdskläder. Hon skulle ändå inte kunna sova i natt, så det var lika bra att sätta igång med städningen redan nu.

*   *   *

Alexander vaknade tidigt och kände sig som ett barn på julaftons morgon. Han skippade både att kolla statusuppdateringar och nyhetssidor och gick direkt på en snabb frukost följt av en varm dusch. Belåtet plockade han fram packningen och matvarorna han gjort i ordning två dagar tidigare och stuvade in alltihop i bilen tillsammans med täckbyxor och vinterkängor. Foten var så gott som återställd och de kanske kunde ta en promenad i solskenet under dagen.

För första gången körde han själv till Victorias hus, men vägen kändes ändå välbekant. Dessutom kortare än förut, så klockan var bara halv nio när han var framme. Men det lyste i flera av fönstren, så hon var bevisligen vaken.

Något var annorlunda när han svängde in på gården och det tog en sekund innan han förstod vad det var. Victoria hade skottat, eller snarare skrapat, hela uppfarten minutiöst. Det fanns knappt en snöflinga på trappen och framför ytterdörren hade hon lagt ut granris i en prydlig halvcirkel. Trasmattorna från hallen och köket hängde över broräcket och mot väggen stod en mattpiska i rotting lutad.

Alexander såg på klockan igen. Jo, den var halv nio. Hur länge hade hon varit uppe egentligen?

Han bar upp packningen för trappen i omgångar innan han bultade på dörren och klev in. Därinne möttes han av dofterna av nybakade kakor och grönsåpa och det gälla surrandet från en dammsugare.

"Men vännen, inte hade du behövt göra det här", mumlade han för sig själv. Han följde ljudet och fann Victoria i vardagsrummet, där hon med svettfuktigt hår stod och dammsög under dynorna i soffan. Hon lyfte blicken när han ropade hennes namn, men fortsatte sedan dammsuga. Frenetiskt.

Alexander ville helst göra något för att bromsa henne, men förstod att det inte var läge att lägga sig i.

"Jag går till köket!" ropade han och höll upp matkassarna. Victoria log flyktigt innan hon vände sig bort igen. Han stod kvar en stund till innan han följde dofterna tvärs över hallen och möttes av ett redan iordningställt bord. Den vita duken hade inte tillstymmelse till veck, kopparna och assietterna var av tunt, guldkantat porslin och på kakfatet i två våningar låg hallongrottor, chokladsnittar och biskvier så perfekta att de liknade köpekakor. Den skinande rena diskbänken bar inte ett spår av allt bakande och plattorna på den gamla spisen var så välskrubbade att de såg nytillverkade ut. Lucifer, som legat utsträckt på kökssoffan, hoppade ned och kom för att stryka sig mot hans ben. Han böjde sig ned och kliade honom under hakan.

"Har matte snyggat dig också, Lucifer? Tvättat och fönat pälsen och borstat dina tänder, kanske ..."

Sedan han stoppat undan maten satte han sig på soffan med katten i knäet. Så småningom tystnade dammsugaren och Victoria kom in i rummet. Stressen låg som ett magnetiskt fält runt henne och han förstod nu hur hon hade hunnit med allt. Hon hade inte sovit, och det syntes.

"Är du redan här? Vad är klockan?"

"Inte ens nio, så du hinner gott och väl med allt du vill göra. Så, snälla, sätt dig nu ner här en stund med oss."

Hon gned sig i pannan med baksidan av handen och satte sig dröjande ner, längst ut på sofflockskanten. "Jag måste duscha också. Och stryka kläderna och ..." Hon vände sig tvärt mot honom. "Vet du hur man klipper hår? Kan du klippa mina toppar i så fall? Det blir så fult när jag gör det."

"Ja, Victoria. Jag kan toppa ditt hår. Men först skulle jag vilja veta en sak." Han tittade runt i köket. "Varför gör du allt det här? Jag menar, baka tre sorters kakor mitt i natten och föna katten? Det är min syster som ska komma, inte nån världscelebritet ..."

Hon log trött. "Jag har inte fönat katten."

"Inte? Och ändå är han så här fluffig? Ja då har han väl bara en väldigt bra pälsdag, då." Alexander släppte ner Lucifer på golvet och strök håret från Victorias dammiga kinder.

"Det kommer att gå bra, vännen. Hon är inte alls så hemsk som du verkar fått för dig."

"Det är inte det jag är rädd för", sa hon lågt. "Det är jag. Jag ... kommer inte att fixa det."

"På vilket sätt då?"

Hon bet sig i läppen och såg bort mot det dukade bordet. "Jag kommer inte att hitta något att säga, eller så säger jag helt fel saker. Oavsett vilket kommer hon att tycka ännu sämre om mig än hon redan gör. Kanske får jag ångest eller börjar gråta eller springer ut härifrån ..." Hon suckade uppgivet. "Kort sagt: Jag kommer att skämma ut mig."

Alexander lade handen om hennes axel och kramade den lätt.

"Victoria, du får inte glömma att jag också kommer att vara här. Så jag kan hålla låda hela tiden om det behövs, och om du blir ledsen eller måste gå ut så får Paula bara acceptera det. Men en sak måste jag be dig om ..."

Hon såg på honom med uppspärrade ögon, så han lugnade henne med en puss på näsan.

"Tvinga henne inte att kissa i en vas."

"Jag lovar", fnissade hon men spärrade sedan upp ögonen igen.

"Jag har glömt att städa badrummet!"

* * *

Sedan Victoria bekänt att hon inte ätit något, stoppade Alexander i henne två smörgåsar, ett stort glas mjölk och några av de kakor hon kasserat. Medan hon pliktskyldigt tuggade i sig sin andra hallongrotta med ojämn glasyr hämtade han en sportbag från hallen och plockade fram två svarta flaskor. De såg väldigt exklusiva ut.

"Schamponera två gånger, och sen arbetar du in balsam i längderna och låter det sitta i minst två minuter innan du sköljer ur håret noga."

"Två minuter!"

"Det kommer att vara väl investerad tid, jag lovar", flinade han. "Vänta bara, så ska du få se."

Hon ryckte på axlarna och skyndade iväg till badrummet. Klockan var nästan halv tio, och Alexander hade sagt att Paula skulle komma nån gång efter ett.

När Victoria torkat sig tog hon på sig nya underkläder och, för att undvika fläckar på finkläderna, en joggingdress. Håret var verkligen otroligt lätt att reda ut och luktade frisörsalong. Eller rättare sagt: Som hon trodde sig minnas att det luktade på sådana. Hon hade klippt sig själv sen hon var fjorton.

När hon öppnade dörren såg hon direkt att Alexander hade burit in och lagt tillbaka mattorna. Då var det bara det lilla badrummet kvar! Lättat insåg hon att hon skulle hinna få städningen klar, och kände hur kroppen slappnade av en aning.

Hon klev in i köket där Alexander ställt en stol mitt på golvet och brett leende stod redo med sax, kam och ett riktigt sånt där skynke som frisörerna hade.

"Men hallå där!" skrattade hon. "Hade du planerat det här?"

"Nej, varför tror du det?" blinkade han och gjorde en gest åt henne att slå sig ner. "Jag åker aldrig någonstans utan ett frisör-kit. Så ... hur mycket får jag klippa?"

Hon rörde reflexmässigt vid håret.

"Bara topparna räcker väl?"

Han svepte skynket om henne och fäste ihop det vid halsen. Med långa tag borstade han igenom hennes fuktiga hår och delade det sedan i mittbena med en kam.

"Om du gav mig fria händer skulle jag vilja ta betydligt mer än topparna ... Vad har du provat för frisyrer? Har du till exempel haft det i axellängd någon gång?"

"Nej, bara långt."

"Okej. Då tar jag bara ett par centimeter den här gången. Men fundera gärna på saken, för jag tror verkligen att du skulle trivas med lite kortare."

När Alexander satt igång med klippningen glömde hon nästan bort sin oro. Att det kunde kännas så behagligt att låta någon hålla på med ens hår! Det tog slut alldeles för fort, så hon var nästan på vippen att ge honom tillåtelse att klippa bort mer.

"Jag ska plocka undan det här nu", sa han och borstade av hennes axlar. "Så kan du städa på toan under tiden om du vill. Och sen föreslår jag att vi går ut ett tag."

"Ut?"

"Ja, vill du ta en promenad med mig? Det är jättehärligt väder."

Promenera? Tillsammans med någon? Ännu en sak hon inte ens tänkt på att hon aldrig hade gjort.

Badrummet gick rätt snabbt att städa, så snart kunde de dra på sig ytterkläder och gå ut i solen. Trots att det var i slutet av december inbillade hon sig att solstrålarna värmde en aning på kinderna och den friska luften tycktes skölja bort en del av hennes trötthet.

"Vilket håll vill du gå åt?" frågade han.

Hon nickade åt solen till och de började gå, sida vid sida. Efter ett par steg fångade Alexander in hennes vantklädda hand i sin och det fick henne att, under ett par underbara sekunder, känna sig oövervinnerlig.

Utevistelsen gjorde nästan underverk med Victorias sinnesstämning och när de var tillbaka, efter nästan en timmes promenad, kände Alexander betydligt större förhoppning om att besöket skulle avlöpa väl. I och för sig berodde utgången även på hur mycket Paula bjöd till, och det kunde han ju inte påverka så mycket. Inte alls så mycket som han önskade att han kunde. Medan Victoria gick för att byta om passade han i alla fall på att skicka iväg ett meddelande:

"Victoria är jättenervös och har verkligen ansträngt sig för att det här ska bli bra. Så jag utgår från att du är schysst mot henne. Promise?"

Det kom ett kortfattat svar:

"Sure. Där på ca en halvtimme. Lunch nu."

Det var först då han kände hur hungrig han själv var. Det var nog bäst om han tittade efter om det fanns några matrester att ta fram, för det var nog ingen bra idé att äta sig mätt ur burken med halvperfekta småkakor.

* * *

Den marinblå blusen hade hon inte använt på säkert femton år, men som tur var satt den fortfarande bra. Eftersom hon varit rädd att tyget skulle lukta instängt hade hon tvättat blusen och

161

haft den på tork vid kaminen, och nu strök hon den så noga hon bara kunde. Alexander hade föreslagit att hon skulle ha ljusa jeans till, och det rådet hade hon inte varit sen att följa. Hon hade alltid känt sig extremt obekväm i kjol.

Efter att ha borstat tänderna en sista gång gick hon in till Alexander i köket. Han stod vid micron och åt direkt ur en plastburk som han måste ha hittat i frysen. Hon hoppades att innehållet inte var hälsovådligt gammalt.

"Woho! Kolla in dig! Värsta baben."

Hon drog lite i ena ärmen och snurrade runt ett varv. "Sitter den inte för löst bak i ryggen? Jag tycker det känns så."

"Nej, det ser jättebra ut. Verkligen. Hade jag inte haft ..." Han lyfte upp och läste på burklocket som legat på bänken ... "hönskalops runt halva munnen hade jag gett dig en stor kram, men du vill nog inte riskera att få nån fläck nu just innan hon kommer."

Victoria såg på väggklockan. *Tio i ett!*

"Vill du också ta något att äta?"

Hon skakade på huvudet. Blotta tanken på mat gav henne ännu mer ont i magen.

"Lite alkohol?"

Suckande satte hon sig på soffan, försiktigt för att inte röra vid kuddarna.

"Hade det inte varit för spritlukten hade jag nog seriöst övervägt det ... Visst hade jag laddat kaffepannan förresten?"

"Jadå. Men inte geväret hoppas jag."

"Haha, väldigt roligt." Med ens kom hon på något. "Men du? Visst har du räknat ut det förresten? Att jag inte hade några patroner i geväret den där gången?"

"Va? Hade du inte?"

"Nej, nog för att jag var rädd, men jag skulle aldrig vara så dum att jag tog med mig ett laddat vapen in i en sån situation. Jag hade ju kunnat bli skjuten själv!"

Lättnaden stod skriven över hela Alexanders ansikte och hon konstaterade det uppenbara:

"Du trodde att geväret var laddat."

Han rev av flera ark hushållspapper, blötte det i kranen och torkade sig noga om munnen och händerna. Därefter drog han upp henne från soffan, stack händerna i jeansens bakfickor och kysste hennes kinder och mun.

"Det där ...", sa han och kysste henne igen," ... var väldigt skönt ... att höra."

Då plingade det till i Alexanders telefon, och hon förstod genast vad det gällde. Det var dags. Hon var snart här.

"Om hon inte sköter sig får hon med mig att göra", viskade han mot hennes hår. Därefter tog han hennes hand, kramade den lätt och följde henne till hallen.

* * *

Det dröjde inte länge förrän Paulas fotsteg hördes ute på farstubron. Victoria var lite blekare än vanligt och höll hårt i hans hand, men var ändå relativt lugn. Den akuta stressen från i morse såg ut att ha gått över i en mer förståelig nivå av nervositet, ett par snäpp högre än hans egen. För nervös var han. Absolut.

Men han skulle inte låta det märkas.

"Ska jag öppna åt henne?" viskade Victoria. "Innan hon knackar på?"

"Det kan du gärna göra."

Hon log svagt, tryckte ned handtaget och sköt upp dörren. Paula stod och letade efter den icke existerande ringklockan och skrattade till lite generat innan hon steg in.

"Jaha, ja hej." Hon sträckte handen mot Victoria, som efter ett ögonblicks tvekan tog den. "Ja, det är som sagt jag som är Paula. Alexanders syster."

"Och jag är Victoria ... Som bor här."

De släppte varandra och Victoria tog ett par steg bakåt. Då fick Alexander plats att gå fram för att ta hennes jacka.

"Gick det bra att hitta hit?"

"Ja, tack vare GPS:en! I annat fall hade jag väl irrat runt här i skogen halva dan."

"Hon är den i familjen som har sämst lokalsinne", teaterviskade han till Victoria.

"Nej du, pappa är *mycket* värre än jag!" skrattade hon. "Minns du inte när vi hyrde den där lilla röda bilen i Barcelona och körde söderut längs kusten? Det var oftare han var på villovägar än han visste vart vi befann oss."

"Ja, så kanske det är", sa han enkelt. Nu var det samtalet som riskerade att komma på villovägar.

"Jag går och sätter på kaffet", sa Victoria. "Så ... kan ni komma sen. När du ... klätt av dig och så."

Hon väntade inte på svar, utan försvann in i köket. Paula gav honom en blick, men sa ingenting.

"Nå? Verkar hon farlig?"

"Nej, det kan jag väl inte påstå. Men ... hon är ju inte direkt din typ, om jag säger så."

Alexander tog ett djupt andetag och räknade tyst till tre. *Håll dig lugn. För Victorias skull.*

"Jag kommer att låtsas som om jag inte hörde det där, och har du tänkt säga mer i samma stil är det bättre att du inte säger något alls", sa han sedan. "Du lovade att komma hit med ett öppet sinne."

"Okej! Förlåt då!" Hon såg sig omkring i den trånga, mörka hallen och just då kunde Alexander se den med hennes ögon. Se hur de gulnade, fuktskadade tapeterna hade lossnat i skarvarna här och där och att de smutsiga trasmattorna var så nötta att det hade gått hål på vissa ställen.

"Då går vi väl in då", sa hon och stegade iväg över den spruckna, medaljongmönstrade korkmattan. Han skyndade efter och kom ikapp henne just när hon gick in i köket. Därinne slogs han av hur dominerat rummet var av de mörkbruna, repiga köksluckorna. Men elden i kaminen spred sitt mjuka, varma sken, bordduken var restaurangvärdig och Victoria var sig lik där vid spisen. I alla fall nästan. Hon stod inte så rak i ryggen som hon brukade.

"Ja, var så goda och sitt", sa hon under lugg. "Kaffet är snart klart."

Alexander såg till att han hamnade mitt emot Paula, med den lediga platsen intill sig. Allt för att minimera känslan av korsförhör.

"Men oj, vilka kakor", sa Paula artigt. "Har du bakat dem själv?"

"Ja. Efter morfars recept. Han var jätteduktig på att baka."

"Jaha. Ja, det är ju en fördel att kunna baka sina egna kakor. När man bor så här avlägset, tänkte jag."

"Han anlade en stor rosenträdgård också", flikade Alexander in. "Bakom huset."

"Jaså. Det var värst."

"Ja, den finns kvar än, alltså", fortsatte han. "Så vi kan få se den i sommar."

"Jaha? Ja, det skulle vara intressant. Nu på vintern är det svårt att förställa sig att det kan finnas något sånt under all snön."

Victoria kom med kaffet och han såg att händerna darrade lite när hon hällde upp. Han höll andan, men hon klarade alla tre kopparna utan att spilla en droppe. Paula tog en kaka och bet av en liten bit.

"Visste du att jag tycker om hallongrottor?"

Victoria log försiktigt.

"Ja, Alexander berättade det."

Paula pekade med lillfingret mot biskvierna.

"Men han glömde berätta att jag är allergisk mot mandel?"

Alexander hade god lust att sparka till henne under bordet, och när han såg Victorias bestörta min blev impulsen än starkare. *Så jävla onödigt.*

"Ja, jag får ta på mig det", sa han så glatt han kunde. "Men det gör väl ingenting! Det finns ju två andra sorter, utan mandel. Du får äta fler av dem. Du brukar ju göra så, när det serveras något du inte tål."

Paula ryckte på axlarna. "Ja, det går väl också bra."

Han sneglade på Victoria. Svett hade börjat bryta fram i pannan och hon såg ut att andas ansträngt. Han var tvungen att göra något, snabbt.

Så han gjorde det enda han kunde komma på: Låtsades halka med armbågen från bordskanten och spillde ut allt sitt kaffe över duken.

Paula skrek till och Alexander studsade upp från stolen och hämtade papper. Tillsammans torkade de upp det värsta och lyfte på koppar och fat för att kunna dra av duken. Han rullade hastigt ihop den och tryckte byltet i famnen på Victoria.

"Om du stoppar den i tvättmaskinen på en gång kan du nog rädda den. Skynda dig!"

Hon mimade ett tack med stela läppar och gick iväg till badrummet. Själv torkade han upp de sista kaffedropparna från bordsskivan utan att bevärdiga Paula en blick.

"Vad du ser sur ut."

"Ja, och vad kan det bero på, tror du?" Han slängde det våta papperet i vasken, där det klafsade fast vid den buckliga metallen.

"Jag är ju faktiskt allergisk på riktigt. Det är inget jag hittat på nu för att vara taskig."

"Nej, jag vet. Men du kan väl ha lite fingertoppskänsla. Hur svårt hade det varit att bara låta bli att ta av det du inte tålde? Nu blev det ju som att du kritiserade henne!"

"Så du tror inte att hon hade tagit det som kritik om jag dissat hennes kakor? Eller förresten ... Det hade förmodligen inte spelat någon som helst roll vad jag gjorde eller inte för hon hade blivit sårad ändå. Hon är ju lika ömtålig och skör som ... som prinsessan på ärten!"

"Det är ju du som gör att det blir så!"

Paula skakade på huvudet och gav honom ännu en av sina medlidsamma blickar.

"Nej, Alexander. Det är det inte. Och jag tror nog att du redan vet det."

* * *

I Victorias kamp för att återfå kontrollen över sig själv märkte hon att tvättmaskinen var till viss hjälp. Ljuden och rörelserna var nästan som en sorts musik, och då hon koncentrerade sig på att följa den omväxlande rytmen var det lättare att koppla bort de jobbiga känslorna. Hon la handen mot magen som Alexander visat henne, och efter en inte allt för lång stund kunde hon andas normalt igen. Hon gläntade på dörren och kikade ut, och såg då att de stod och pratade i hallen. Hon hörde inte vad de sa, men Paula hade på sig jackan och var bevisligen på väg att åka hem. Ett faktum som både kändes som ett nederlag och en enorm lättnad.

När Victoria hörde ytterdörren gå igen ruskade hon på sig och gick ut från badrummet.

"Har hon redan gått?"

Alexander kom henne till mötes.

"Ja, hon ville hem till ungarna. Hon bad mig hälsa och tacka för kakorna."

"Men hon åt ju inga?"

"Inte än, nej. Men ... hon fick med sig en hel del hem."

Han strök henne längs överarmarna och la huvudet på sned.

"Hur känner du dig?"

"Jag ... vet inte riktigt. Misslyckad."

"Men det behöver du inte alls göra. För nu när Paula träffat dig fick hon in det i sin tjocka skalle, till slut. Du är inte någon Annie Wilkes."

Med ett roat leende väntade han på att hon skulle hitta hans tankebana.

"Jaha! Nu fattar jag!" utbrast hon när hon lyckats placera namnet. "Du tänker på kvinnan i Stephen Kings *Lida*. Hon som sköter om den där skadade författaren i sitt hus hela vintern? Visst kom han dit när det var snöstorm, också? "

"Ja, och så småningom håller hon honom fastbunden i sängen hela dagarna. Och när hon märker att han försökt fly ..."

"... hugger hon foten av honom. Usch, den där boken är vidrig! Varför fick du mig att tänka på den?"

"För att få lite perspektiv på saker och ting", log han. "För visst är det betydligt bättre att jämföras med prinsessan på ärten?"

"Vad då? Sa din syster det om mig?"

"Ja. Men det var också det värsta hon sa. Så du kan andas ut. Hon kommer inte kräva att få komma hit något mer."

Han lät fingrarna glida genom hennes hår och hon blundade och kände hur axlarna slappnade av. Det kändes som om de sjönk ned flera centimeter, trots att hon inte ens märkt att hon haft dem spända.

"Jag tycker om när du gör så där", mumlade hon.

"Jag märker det. En annan sak jag märker är att du är trött. Helt galet trött ... " Han kysste henne lätt på pannan. "Du kanske ska lägga dig ett tag?"

Hon orkade inte ens protestera.

"Vila lite kanske ... I soffan."

Victoria började gå mot vardagsrummet, men hejdade sig på tröskeln.

"Åker du också nu?"

"Nej, jag åker ingenstans", svarade han mjukt. "Jag är kvar här när du vaknar."

* * *

När Victoria lade sig för att vila gick Alexander in i köket. Därinne möttes han av det strippade bordet med sina kaffe-fläckar och kringströdda servisdelar, och kunde inte komma ifrån tanken att det liknade en ruin. Han tittade på klockan och fick en sjunkande känsla i kroppen när han såg hur lite den var. *Hade Paula rätt? Var det dömt att misslyckas?*

För att bli av med olustkänslorna satte han igång att röja och diska. Men de gråtunga tankarna lät sig inte trängas undan.

"Betyder det här att vi aldrig kommer att kunna umgås med någon annan? Inte kunna åka någonstans tillsammans? Aldrig ... någonsin?"

Och snart var den där, den tyngsta tanken av dem alla:

"Vill jag verkligen det här?"

* * *

Victoria hade egentligen inte tänkt sova, men när hon började domna bort försökte hon inte stoppa processen. Hon var helt slutkörd, både fysiskt och mentalt, och konstigt vore det väl annars. Hon hade pressat sig själv så hårt. Hårdare och längre än hon någonsin trott att hon skulle välja att göra. Men hon hade gjort det. För Alexander skull. Att gå miste om honom ... Det fanns inte något som skrämde henne mer än det.

* * *

Alexander torkade det förmodligen antika porslinet försiktigt och noggrant, men eftersom han inte hade en aning om varifrån Victoria hämtat det fick det bli stående på diskbänken. Bara för att ha något att göra plockade han sedan fram hårdbröd och pålägg, och tappade nästan ostkupan i golvet när telefonen började ringa. Rädd att väcka Victoria skyndade han sig att svara, utan att ge sig tid att se efter vem det var.

"Ja hej, det är Alexander Carino", halvviskade han och skyndade mot trappan.

"Oj, här var man formell, minsann!" skrockade en varm röst, med den välbekanta brytning han en gång i tiden tyckt var pinsam. "Då får jag väl lov att presentera mig då: Eduardo Carino. Men varför viskar du?"

"Nu kan jag prata som vanligt." Försiktigt tog han sig mot sovrummet genom att glidsmyga över det knarrande golvet på övervåningen. "Victoria hade just somnat, så jag ville inte råka väcka henne."

"Jag förstår. När Paula åker härifrån brukar jag också behöva lägga mig och vila en stund. En lång."

"Mm. Hon kan vara rätt intensiv."

"Ja, du skulle ha hört henne när hon ringde mig nu nyss. Eller igår morse! Så till slut sa jag till henne så här: Nu har jag lyssnat nog på dig och det har blivit dags att gå direkt till källan. Alltså du. Varför har *du* inte hört av dig, förresten?"

Alexander sjönk ned på den prydligt bäddade sängen.

"Eh ... För att ... Paula redan hade pratat med dig, antar jag ... Hon sa att du var på hennes sida."

"Det sa hon? Själv minns jag inte att jag sa något sådant. För jag har alltid tyckt att människor ska få fatta sina egna beslut. Även om de inte alltid visar sig bli så lyckade i slutändan."

"Så du menar att det här är ett sånt läge? Att jag fattat beslut som jag kan få komma att ångra?"

"Nej, det kan jag inte uttala mig om. Så klart. Men enligt Paula svävar du visst inte i livsfara när det kommer omkring, så du får väl helt enkelt leva och se om det blev rätt eller inte."

Alexander kunde höra sin pappas leende. Se glittret i de mörkt bruna ögonen. Än så länge var det här samtalet en strimma av sol en regnig dag.

"Skönt att höra att i alla fall du anser att jag är vuxen nog att sköta mitt eget liv ... Men Paula är övertygad om att jag bara kommer att bli gruvligt besviken om jag ger det här en chans. Hon har dömt ut hela förhållandet på förhand."

"Och varför har hon gjort det?"

"På grund av Victorias svårigheter. Paula tror inte att hon kommer att kunna övervinna dem, oavsett vad jag gör. För enligt henne kan man aldrig ändra på någon annan."

"Ja ... fast där måste jag ändå ge henne rätt. Så det intressanta blir ju det här: Vill Victoria ändra på sig?"

Alexander funderade på frågan en stund. Skrev mentalt upp alla skillnader mellan Victoria nu och Victoria den där första kvällen ... Listan blev allt längre och det var nog först då han insåg hur hastig och stor förändringen faktiskt var. Hur mycket hon hade ansträngt sig och hur hon stenblock för stenblock monterat ner sina murar. För hans skull.

"Ja. Hon vill verkligen ändra på sig", sa han till sist. "Men jag vet tyvärr inte hur långt det räcker. Hindren känns bara så ... stora."

"Min son, du glömmer att ni varken är de första eller sista som stött på stora hinder ... Har du aldrig tänkt på hur det var för mig och din mamma, när vi träffades? När jag var en dåligt avlönad servitör på min farbrors restaurang och hon en 19-årig flicka på en veckas semester ... Nej, det var nog inte nån vi kände, varken i Spanien eller Sverige, som trodde att vi skulle bli något mer än en semesterflört ... Och när jag bestämde mig för att flytta till Sverige, trots att jag knappt kunde någon svenska och inte kände någon annan förutom Sonja? Tror du att min familj och vänner tyckte att det var en bra idé? Nej, de sa att jag var galen. *Loco.* Att jag snart skulle ge upp och flytta hem igen. Men de hade fel, som du ju redan vet. För den där flytten gav mig inte bara er tre barn och alla fina år med Sonja. Den gav mig utbildning, mitt arbete, en mängd vänner och dessutom ett nytt land. Ett land som jag så småningom kom att älska! Men hade jag lyssnat på allas rädslor istället för på mitt hjärta, hade jag mistat allt det. Och det liv jag hade levt istället, kvar nere i Spanien, kunde aldrig ha blivit lika lyckligt som det jag fick. Jag vet det."

"Men ... *hur* kan du veta det?"

"Därför att vara med Sonja kändes så *rätt.* Som att det var omöjligt att vi inte skulle vara tillsammans. Att ge upp om henne ... Det alternativet fanns inte."

"När ..." Det kändes tjockt i halsen och Alexander fick harkla sig lite innan han kunde prata. "När visste du det? Att det var omöjligt att ge upp?"

Eduardo skrattade till, en aning generat.

"Jag tror inte att du vill veta allt om det ... Men det hade bland annat att göra med hur bra vi passade. På det ... intima området.

Jag kunde bara inte tro att universum tänkt något annat än att vi två hörde ihop."

Alexander blev för ett ögonblick stum av förvåning.

"Vänta lite ... Vad sa du nu?" fick han till slut ur sig. "Att *sex* och *universum* var skälen till att du följde efter mamma hit? Vad då, var du inte kär i henne?"

"Jo, visst var jag det! Men kär hade jag ju varit förut. Det här var något helt annat. Något mer." När Alexander inte sa något, tillade han tvekande: "Universum kanske inte är rätt ord? Vad kan man mer säga? Ödet?"

"Jag förstår nog vad du menar. Tror jag. Som att det var så liten chans att ni över huvud taget skulle träffas, men ni gjorde det ändå. Sen visade det sig att ni passade perfekt ihop, och vad är oddsen för det?"

"Ja, ungefär så. Och när man känner att universum är på sin sida är det mycket lättare att kämpa vidare, trots att andra tycker att man gör fel. Så vi kämpade för varandra och vår kärlek, och efter en tid var det allt fler som tyckte att vi gjorde rätt. Så det blev bra till slut."

"Ja ... det blev det", suckade Alexander. "Tills mamma blev sjuk."

"Ja, hon blev sjuk och jag förlorade henne. Men innan dess var vi friska och lyckliga tillsammans i ... 39 år. Det är en lång tid."

"39 år ... Lika länge som jag har levt."

"Är du så gammal nu? Vår lillgrabb? Ja oj, vad tiden går ..."

"Den gör ju det ... Så jag vill inte att det ska gå en massa tid och sen visa sig bli fel, den här gången också."

"Som med Gabriella?"

Alexander lade sig på rygg ovanpå sängen och tittade upp i det kvisthålsöversållade taket.

"Jag har aldrig sagt det här till nån, men ... jag anande nog, nånstans, att jag och Gabriella inte var så perfekta för varandra ändå. Jag anade det länge. Men jag ville inte erkänna det, inte ens för mig själv."

Eduardo hummade och funderade ett tag, och sa sedan:

"Så då vet du alltså hur det känns när universum, eller ödet då, *inte* är på din sida. Alltid något. Och ursäkta att jag frågar, men Paula nämnde att du och Victoria har varit ... intima. Så hur ...?"

Alexander skrattade överraskat till, men bestämde sig för att svara ärligt.

"Det är fullständigt ... magiskt."

"Underbart att höra", skrockade Eduardo. "Då är det väl bara för dig att vänta och se vad universum har att säga om saken. Men du? Det är kanske smart att du lyssnar bättre den här gången. Och är ärligare mot dig själv."

"Det ska jag. Och tack för att du ringde, pappa. Hindren som jag pratade om ... Nu känns det som om de kanske är överstigliga ändå."

* * *

När Victoria vaknade hade det mörknat ute. Lucifer låg bredvid henne, balanserande på soffkanten, men hon visste inte var Alexander befann sig. Om han var kvar.

Hon låg kvar en stund, lyssnande efter ljud, och uppfattade då svag musik från köket. Radion måste stå på. Det lät även som om Alexander stod och hackade något på en skärbräda, och vid tanken på mat märkte hon hur hungrig hon var. Försiktigt tog hon sig förbi Lucifer och kammade genom håret med fingrarna medan hon gick mot köket.

Därinne stod bordet dukat med en massa lyxig mat. Olika pajer och röror, kräftstjärtar, kex, ostar och två sorters druvor. Alexander hade ställt ut flera glasljuslyktor, vilka han också måste ha haft med sig, och när han såg henne i dörren gick han fram till bordet för att tända dem.

"Har du sovit gott? Och är du hungrig?"

"På A svarar jag ja, och på B svarar jag jätte. Men var har du fått allt det här ifrån?"

"Från min närmaste affär, så jag kan inte ta på mig äran för något av det. Och vinet är från din egen källare ... Men jag klarade av att hämta upp det själv!"

"Ja, det om något är imponerande!" skrattade hon. "Var du inte rädd att bli fast där nere?"

"Jag hade med mig telefonen, så jag var redo att ringa efter hjälp om det behövdes ... Men det gick bra, och som lön för mödan hittade jag ett vitt vin som jag tror riktigt mycket på. Vill du ha ett glas?"

"Ja tack. Gärna."

Victoria satte sig vid bordet, där ljuslågorna gav allt ett mjukt skimmer. Hon svalde en klunk av det svala vinet och kände hur hela hon fylldes av ett värmande lugn. En känsla hon minsann inte var van att få hysa. Kontrasten mot förra gången hon satt vid det här bordet, för bara ett par timmar sen, var ogripbart stor.

Alexander satte sig mitt emot henne och höjde sitt glas.

"Min pappa, Eduardo, ringde mig medan du sov. Han är en väldigt klok man, så jag borde väl ha förstått redan innan att han inte alls håller med Paula och de andra. För det gör han inte. Han tycker att vi är vuxna människor som ska få fatta våra egna beslut. Så ... vad tror du om att vi beslutar att känna oss fram i precis den takt vi själva väljer, utan att någon annan får lägga sig i?"

Victoria lät vinglaset klinga lätt mot hans.

"Jag tycker att det låter som ett väldigt klokt beslut."

* * *

De satt länge vid köksbordet och åt, pratade och skrattade. Alexander kände de sista orosskärvorna lösa upp sig och försvinna i takt med att han lade Paulas besök och förmaningar bakom sig. Hon hade inte en aning om vad hon snackade om, för hon visste inte hur bra han och Victoria trivdes tillsammans. Hur bra de "passade", som hans pappa så träffande hade beskrivit det. Strunt samma att fikat idag inte gått enligt plan. De skulle hitta ett sätt att gå vidare. Tillsammans.

"Jag tyckte verkligen om att gå på promenad med dig idag", sa Victoria. En svag rodnad på kinderna avslöjade att det var något mer hon hade i tankarna. Något hon inte vågade be om rakt ut.

Alexander lutade sig fram över bordet.

"Victoria?" log han. "Är det något du vill att vi ska göra, så är det bara att fråga. Jag ska väl inte säga att jag går med på riktigt vad som helst ... Men det mesta."

"Som vad? Vad skulle du inte gå med på?" flinade hon.

"Ja ... jag skulle till exempel inte vilja göra dig fysiskt illa. Nog för att jag är all for att folk får roa sig på det sätt de vill i sängkammaren, men att *jag* skulle sitta där och smiska eller piska nån ... Nej, det finns bara inte. Så är det det du vill måste jag tyvärr göra dig besviken."

"Tur att det inte var det jag var ute efter, då", skrattade hon.

"Nej, jag tänkte bara höra ... om du skulle kunna tänka dig att dansa med mig. Eller, först får du nog lära mig hur man gör ..."

Alexander gick omedelbart runt bordet, ställde sig vid hennes stol och bugade lätt.

"Får jag lov?"

Brett leende lade Victoria sin hand i hans och följde honom till CD-hyllan i vardagsrummet.

"Något speciellt önskemål på musik till din första dans?"

"Ja, det tror jag minsann att jag har ... Ska bara se om jag hittar den också."

Raskt letade hon igenom skivorna tills hon plockade ut en att skicka in i spelaren. Välbekanta elgitarrer strömmade ur högtalarna och snart hörde han vilken låt det var: *Don't cry* med Guns 'n Roses.

"Den gamla godingen?"

"Ja, alla andra dansade tryckare till den här när jag gick i skolan ... Och nu, äntligen, är det min tur!"

Med gnistrande ögon lät hon Alexander visa hur de skulle stå och hur hon skulle hålla i honom.

"Först tar du två lite snabbare steg bakåt med din högra fot, och sen ett långsammare med den vänstra. Lyssna på musiken så tror jag du märker hur jag menar."

Han räknade in dem och började sedan föra henne över golvet. Victoria fann snart rytmen och gav ifrån sig ett litet lyckligt rop.

"Nu dansar vi ju!"

"Var inte så svårt, va?"

"Nej, det här är ju jättelätt." När de kommit till andra versen sa hon försynt: "Visst finns det även mer avancerade steg? Som snurrar?"

"Ja ... nog finns det väl det. Men det går att avancera på andra, roligare sätt också ..."

* * *

Alexander drog Victoria närmare intill och flyttade sin vänsterfot så den hamnade mellan hennes fötter. Som en följd gled hans ben in mellan låren, medan hennes höft pressades mot värmen i hans skrev.

"Någon sa att dans är ett vertikalt uttryck för ett horisontellt behov", sa han med läpparna mot hennes tinning. "Jag är benägen att hålla med."

Alexanders händer strök utefter ryggen och sände varma ilningar av välbehag genom henne. Välbehag och förväntan. Suckande vände hon upp ansiktet och mötte honom i en långsam kyss medan de fortsatte att röra sig i takt med musiken. Det var så perfekt. Så underbart att ögonen fylldes av tårar. Men till hennes förskräckelse rann de över och Alexander märkte ofrånkomligen att hon grät. Tyst torkade han bort tårarna med tummen och lät henne vila kinden mot hans bröst.

"Du är medveten om att låten heter *Don't* cry?" sa han mjukt.

"Det blev så ... vackert, alltihop. Tårarna bara kom."

"Mm, jag förstår vad du menar ... Jag har minsann en liten klump i halsen själv."

Hon tittade upp på honom, osäker på om hon hört rätt.

"Har du?"

Alexander stannade av och lade händerna om hennes ansikte. Hans ögon var verkligen lite blanka och hon tyckte att det såg ut som om han skulle säga något. Något viktigt. Men innan han öppnat munnen dånade *Perfect crime* igång. Så istället log han lite förvirrat och drog med henne mot stereon för att leta upp en annan skiva.

* * *

Medan Victoria bläddrade bland CD-skivorna försökte Alexander få grepp om sina tankar och känslor. Om inte den där hårdrockslåten hade sabbat stämningen nyss ... Hur mycket skulle han ha sagt till henne? *Förmodligen för mycket.* Skulle han ha lovat sådant han inte visste om han kunde hålla? *Förmodligen det med.*

Han kände inte igen sig själv. Det här var inte sådan han var. Fram tills Gabriella hade tjejer aldrig varit något seriöst, och inte ens med henne hade han känt speciellt starkt i början. Absolut inte så här. Men han var ännu inte riktigt på det klara med *vad* han kände. Det liknade inget annat han kunde kategorisera och det var som om de etikettlösa känslorna levde sitt eget liv, oberoende av tankarna. Och rätt vad det var, som nyss, försökte ord smita till munnen utan att passera hjärnfiltret på vägen. Som ... stearin från ett ljus på vippen att rinna över.

Det var i ärlighetens namn lite skrämmande. Men ändå ... väldigt lockande på samma gång.

* * *

Victoria hittade en skiva garanterat bestående av endast lugna låtar och tryckte på play. Scorpions *Send me an angel* var första spår, en låt hon lyssnat på så många gånger att hon kunde sjunga med utan att behöva tänka. I sina mest hoppfulla stunder hade hon ibland fantiserat att texten handlade om hennes eget liv och framtid.

"Ah, den här är också bra", nickade Alexander och fattade tag om henne direkt hon ställt sig upp. Hon passade in sig mot hans kropp och föll in i stegen utan ansträngning, som om de dansat tillsammans hundratals gånger förut. "Håll i dig, för nu snurrar vi då", sa han och vände henne ett halvt varv mellan två steg. Båda kom av sig helt och skrattande gjorde de ett par försök till innan de gav upp och gick över till att trampa runt på stället. Victoria smög in sitt ben mellan hans och tryckte sig närmare. Alexander suckade lågt och lät ena handen stryka över hennes stjärt. Han böjde sig ned och kysste hennes hals och lade sedan läpparna tätt intill örat. "Hångla i soffan?"

Ett par låtar senare hade de kysst sig andfådda, men hela tiden hållit sig inom hånglandets gränser. Alexander hade knäppt upp knapparna i blusen, men i övrigt var de fortfarande fullt påklädda. Victoria hade undrat först, men sedan förstått anledningen. Det var en gåva. Alexander färglade, i efterhand och i glödande nyanser, ännu en tom sida i hennes bok.

* * *

Alexanders telefon började ringa, borta i köket.

"Vi låtsas att vi inte hör", mumlade han i Victorias hår. "Det slutar snart."

Men personen tryckte inte bort samtalet innan mobilsvaret gick igång. Ett meddelande plingade in. Därefter dröjde det bara en minut innan det började ringa igen. Victoria satte handen mot hans bröstkorg.

"Du borde nog gå och svara, ändå. Det låter som om det är något viktigt."

Alexander kunde inte argumentera mot det utan reste sig motvilligt upp från soffan. Victoria låg lojt tillbakåtlutad mot kuddarna med öppen blus och fuktiga läppar och han blev tvungen att böja sig ned för ännu en kyss. Men det ihärdiga ringandet vägrade sluta.

"Jaja, jag kommer!" Han skyndade iväg så fort de för tillfället väldigt trånga jeansen tillät och fick tag i telefonen där den låg på köksbänken.

Gabriella.

*   *   *

Alexander blev borta länge, så Victoria satte sig upp i soffan och knäppte igen varannan knapp i blusen. Den som ringt stod för det mesta av pratandet, så trots att hon kunde höra det Alexander sa hade hon svårt att förstå något av samtalet.

"Finns det ingen annan som kan hämta dig?" sa han vid ett tillfälle.

Efter en lång tystad kom det så: "Jag vet inte, Gabriella. Det känns bara inte som någon bra idé."

Efter en ännu längre tystad: "Kan jag ringa upp dig om ett par minuter? Jag måste fixa en sak först."

Efter sjutton sekunder dök Alexander upp i dörröppningen, gnidande sig i nacken med ena handen.

"Det var Gabriella. Hon ... är på sjukhuset."

Victoria väntade med bultande hjärta och sammanpressade läppar på att han skulle besvara hennes frågor.

"Den där killen hon är tillsammans med. Den jäveln har ... misshandlat henne. Så han sitter i häktet nu och hon fick åka till en läkare för att dokumentera skadorna. Hon grät och är rädd och hennes föräldrar åkte till Thailand i lördags. Hon hade ingen att ringa som kunde hämta henne. Ingen annan än ... mig."

Han gav henne en sorgsen blick och skakade på huvudet.

"Hon var så uppriven att det knappt gick att höra vad hon sa. Så ..."

Rösten dog bort, men det underförstådda meddelandet var tydligt nog.

"Jag förstår", sa hon tonlöst. "Åker du nu på en gång?"

Alexander suckade djupt och kom fram till soffan. Han drog henne upp på fötter och in i famnen.

"Det borde inte behöva ta så lång tid. Jag skjutsar bara hem henne och kommer direkt tillbaka hit sen, okej?"

"Okej. Kör försiktigt."

* * *

När Alexander gick in genom sjukhusentrén trängde sig en mängd obehagliga minnen på. Besöken hos hans allt sjukare mamma. Otaliga samtal och undersökningar rörande barnlösheten. Negativa besked, sorg och misslyckanden. Vid informationstavlan nuddade hans blick vid BB-skylten, men åsynen av den gjorde inte längre ont. Han hade accepterat att han aldrig skulle bli pappa och valt att istället se fördelarna med ett liv utan föräldraskapets förpliktelser. Han kunde leva lycklig utan barn.

Han kunde vara lycklig med Victoria.

Efter lite irrande hittade han fram till rummet där Gabriella uppgett att hon befann sig. En allvarlig sköterska öppnade dörren och när han fick syn på Gabriella därinne, invirad i en ljusgul sjukhusfilt, fick chocken det att bränna till inombords. Han hade varit övertygad om att hon hade överdrivit. Att allt hon hade var en sprucken läpp eller en blåtira. Men kvinnan som satt uppkrupen i fåtöljen var betydligt värre åtgången än så. Ena ögat var nästan helt igenmurat och hon hade både blånader och svullnader i ansiktet. På sidan av huvudet lyste dessutom två illröda, kala fläckar där en del av hennes mörka lockar ryckts ut med rötterna.

"Alex!" kved hon och sträckte ut armarna mot honom. Rörelsen fick henne att grimasera av smärta och han visste inte om han borde röra henne över huvud taget. Tvekande gick han fram och fattade hennes händer, försiktigt, eftersom de var omlindade med bandage. Hon drog ned honom till sig och klamrade sig gråtande fast.

"Jag är så ... glad att du ... är här. Snälla ... lämna mig inte!" hulkade hon mot hans bröst. Inte ens när de fick det slutgiltiga beskedet hade hon gråtit så här. Chocken fick ett stråk av vrede och han andades in mellan sammanbitna tänder.

"Varför gjorde han så här mot dig?"
Efter en stund stillade Gabriella sig så pass att hon kunde få fram ett svar.

"För att ... jag anklagade honom för att vara otrogen. Vilket han är! Jag vet det! Men istället för att erkänna började han skrika åt mig. Sen ... gick han på mig. Om inte en av mina grannar hade ringt efter polisen, så ... vet jag inte hur det hade gått. Åh, Alex, jag är så rädd!"

"Det förstår jag. Men han åkte fast och kommer att bli straffad för det han gjorde mot dig. Du behöver inte var rädd längre."

"Jag vet det ... egentligen. Men ändå. Jag kommer inte att våga vara i den där lägenheten. Det är ju inte ens bytt lås! Och nu ska de skicka hem mig för att jag inte är sjuk nog att skrivas in. Jag vill inte det!"

"Men jag kan skjutsa dig någon annanstans. Till dina föräldrars hus?"

"Nej, inte nu när de är borta. Jag skulle aldrig våga vara ensam i det där stora huset i nästan två veckor."

"Till nån kompis då?"

Gabriella drog skälvande efter andan och skakade på huvudet.

"Sedan jag lämnade dig har inga av våra gemensamma vänner hört av sig. Och de jag umgås med ... Det är bara ytligt. Folk jag jobbar eller festar med. Det finns ingen jag kan be om en sådan här sak."

Ilskan mot gärningsmannen byggdes på när Alexander insåg vilket dilemma han hamnat i. I desperation tänkte han lägga fram ett dödfött förslag om hotell, men Gabriella avbröt honom med ett kraftlöst grepp om hans arm och tårar i sina svullna ögon.

"Snälla, Alexander. Jag ber dig. Ta med mig hem."

* * *

Victoria diskade och städade långsamt och omständligt undan i köket, hela tiden väntande på att Alexander skulle ringa. För på något sätt visste hon att det var ett telefonsamtal som skulle komma. Inte en bil på uppfarten.

När telefonen väl ringde fick hon så mycket hjärtklappning att hon var tvungen att sätta sig ned innan hon svarade. Och trots att hon ställt in sig på det han skulle säga, lade sig beskedet ändå tungt och kallt i magen. Han skulle inte komma tillbaka ikväll. Ännu en gång var hon lämnad ensam med sin väntan och oro. En oro som hastigt bredde ut sig i en ny riktning, nu när hon fått veta att Gabriella skulle spendera natten hos honom i lägenheten. Den lägenhet som för mindre än ett år sedan varit hennes och Alexanders gemensamma hem.

* * *

När Alexander lagt på gick han tillbaka in till Gabriella, som fått hjälp av sköterskan att ta på sig skorna. Hon drog i mudden på den alldeles för stora sjukhuströjan och såg på honom under lugg.

"Vem var det du pratade med?"

I sköterskans öron lät frågan säkert bara artigt intresserad, men Alexander visste bättre. Nåväl, var hon så nyfiken på hans privatliv skulle hon minsann få veta hur det låg till. Därefter skulle hon få hans genialiska lösning på dilemmat serverad.

"Jag pratade med Victoria. Min flickvän."

Gabriellas svullna ansikte avslöjade inget, men den mörbultade kroppen blev avgjort mer spänd. Sköterskan kom med hennes jacka och hon reste sig mödosamt upp för att få hjälp att ta på den.

"Jaha. Bor hon ...?"

"Nej, hon bor utanför stan. Jag skulle egentligen ha åkt tillbaka dit nu ikväll, så jag meddelade att jag kommer imorgon istället. Så snart jag hjälpt dig att komma i ordning."

Hon såg oförstående på honom, så han log och förtydligade.

"Ja, imorgon bitti tänker jag att vi åker till din lägenhet och hämtar allt du behöver. Sen får du bo i min lägenhet tills dina föräldrar kommer hem, så bor jag hos Victoria under tiden. Eller har du någon bättre lösning?"

Gabriella svarade inte, utan fumlade med blixtlåset i jackan tills sköterskan hjälpte henne att dra upp det.

"Var rädd om dig nu, lilla vän", sa hon och klappade Gabriella lätt på axeln. "Vi vill inte se dig här igen. Inte på det här viset."

Gabriella behövde hjälp att komma både in och ur bilen och när de oändligt långsamt gick uppför trappan stödde hon sig tungt på Alexanders arm.

"Alex ... Tack för att du gör det här", sa hon tyst när han låst upp dörren. "Jag ... visste verkligen inte vem annars jag kunde ringa."

"Det är lugnt. Ingen orsak." Han gjorde en gest åt henne att stiga in och hon tände med en väl inövad rörelse lampan i hallen. När han hjälpt henne av med jackan och skorna såg hon sig närmast blygt omkring.

"Får jag ... gå runt och titta hur du har det?"

"Visst, titta på du. Men jag har egentligen inte gjort något alls, så det finns inte så mycket att se. Vill du ha något sen? Te?"

"Ja, gärna grönt om du har."

"Och skorpor med apelsinmarmelad?"

Gabriella log så brett som hennes skadade ansikte tillät.

"Ja, det vet du att jag vill. Tack."

Efter en snabb blick på skohyllan och ytterkläderna försvann hon in i lägenheten och Alexander anade vad det var hon spanade efter. Foton. Tamponger och dubbla tandborstar. Trosor, borstar med långa hårstrån och andra tidningar än de han själv läste. Tecken på att en annan kvinna hade vistats här.

Med en suck hängde han upp Gabriellas jacka på en galge, vilken för närvarande, tillsammans med de högklackade stövlarna, var det enda beviset på kvinnlig närvaro.

Det fanns inte ens två huvudkuddar i sängen.

* * *

Victoria hade lämnat telefonen inne medan hon gick ut till hönsen, och när hon kom tillbaka hade det kommit ett meddelande från Alexander.

"Haha, jag tror att G tror att jag hittat på dig. Hon har snokat länge på toan efter tecken på att du varit här. Kanske letar hon hårstrån i golvbrunnen?"

Victoria skrev inget svar, men kände sig lite lugnare. Det här kanske inte var en så stor sak ändå? Vad visste hon om förhållanden? Det kanske var vanligt att ställa upp så här för en före detta flickvän i nöd.

* * *

När Gabriella kom ut från toan hade Alexander redan kvällsfikat klart. Hon luktade av hårprodukter och hade till och med använt hans ögonbrynspenna, men han valde att inte kommentera det.

"Alex, har jag kvar några kläder här nånstans? Det skulle vara så skönt att kunna byta om. Jag känner mig som en kort, fet Teletubbie ..."

Han var på väg att säga något om att hon såg gullig ut i de stora kläderna, men hann stoppa sig själv i tid.

"Nej, tyvärr. Du fick med dig allt."

"Kan jag få låna något av dig då? Allt är bättre än det här."

Han ryckte på axlarna.

"Sure. Ta vad du vill, utom ..."

"... utom Eton-skjortan", log hon. "Jag vet."

Gabriella vände och gick, med steg som såg misstänkt lätta ut. Hade hon överdrivit sina skador? I så fall varför? Alexander hann inte fundera tillräckligt mycket över det innan hon kom tillbaka igen, iklädd en annan av hans skjortor. Iklädd *endast* en av hans skjortor, med långt ifrån alla knappar knäppta. Hon hade visserligen BH på sig under, men han undrade om det verkligen var ett gott tecken då han kunde se den så tydligt. Turligt nog var han så pass mycket längre än henne att skjortan nådde till knäna, men eftersom hon inte knäppt alla knappar nedtill heller, skymtade låren fram i glipan då hon kom gående mot bordet. Hon höll snett leende upp sina bandagerade händer.

"Det är inte så lätt att knäppa knappar med de här och jag iddes inte fippla på längre. Så sorry att jag inte är helt presentabel ... Men du har ju sett mig betydligt mindre klädd än så här förut."

Alexander visste inte vad han skulle svara, så han sköt bara över teburken. Gabriella gjorde i ordning sitt te och bredde noggrant marmelad på en skorpa.

"Så ... den här Victoria. Hur länge har ni varit ett par?"

"Inte så länge. Än."

"Okej. Så bara nån månad, eller?"

Alexander hade ingen lust att spela henne i händerna, så han struntade i att svara. Gabriella såg förvånat upp från sitt marmeladbredande.

"Vill du inte prata om det?"

"Nej, helst inte."

"Varför?"

"Därför att jag inte kan se vad du har med min flickvän att göra. Jag behöver inte berätta något alls för dig, om något i mitt liv. Jag har inga skyldigheter mot dig längre."

Gabriella ryckte till och han undrade om han varit för hård. Men hur som helst fick hon finna sig i det. Hon hade redan korsat för många gränser.

"Ojdå, där var det visst en öm tå", konstaterade hon och fortsatte bre sin skorpa. "Så då pratar vi inte mer om henne. Vi kan prata om Tobias istället. Tobbe."

"Var det han som ..."

"Ja, det är, *var*, min pojkvän. Svinet som nästan slog ihjäl mig ikväll."

Hon drog ett djupt andetag och fortsatte:

"Han var väldigt trevlig. I början. Social, uppmärksam och allt det där. Väldigt bra på att hålla kontakten. Men ... det fattade jag ju sen. Att han bara hörde av sig så ofta för att hålla koll på vad jag gjorde. Och med vem."

"Var han svartsjuk, menar du?"

"Nja, det var inte bara det. Han tyckte inte om när jag var på tjejmiddag eller sånt heller. Han kunde messa och ringa så många gånger under kvällen att det blev pinsamt. Folk undrade."

"Och om du bad honom sluta ...?"

"... blev han sur. En gång när jag var och fikade med mamma och valde att inte svara på en halvtimme kom han dit, till caféet."

"Seriöst?"

"Ja, tyvärr. Men mamma tyckte bara att det var gulligt."

"*Gulligt?* Såg hon inte den stora, blinkande varningslampan?"

"Nej, den såg ju inte jag heller ... bevisligen. Jag tänkte väl bara att det var sådan han var, och att jag fick acceptera det. Det var så mycket annat som var bra, och jag ville ju att det skulle funka mellan oss."

"Så han hade inte varit hotfull eller våldsam tidigare? Innan ikväll?"

"Nej, men det berodde ju bara på att jag aldrig hade gett honom någon anledning att bli arg på mig. Inte förrän nu då, när jag konfronterade honom om hans otrohet. Som jag som sagt har bevis för. En jobbarkompis såg dem på krogen, och så har jag läst flera meddelanden de skickat till varann. Det är hans ex. Så jäkla klassiskt."

Båda satt tysta ett tag med sina temuggar mellan händerna. Gabriella såg med slokande axlar ned i bordet och Alexander betraktade henne över muggens kant. Instinktivt ville han ta henne i famnen och trösta henne, men det infallet tryckte han bestämt tillbaka. Situationen var rörig nog som den var.

"Vill du veta varför jag drogs till honom?" sade hon lågt. "Varför jag blev förälskad?"

Hon såg upp på honom och återigen slogs han av hur illa tilltygad hon var. Skulle hon ens bli helt återställd?

"Eh ... visst."

"Därför att han påminde mig så mycket om dig."

* * *

Victoria satt i sängen och skrev och raderade ännu ett meddelande hon inte vågade skicka till Alexander. För ett par sekunder lät hon fingret sväva över uppringningsknappen, men var rädd att hon skulle ringa oläg ligt. Dessutom visste hon inte vad hon skulle säga. Besviken på sig själv la hon bort telefonen och plockade upp en bok från nattduksbordet istället. Sova var ändå inte att tänka på.

* * *

"Vad är det du vill ha sagt med det?"

Gabriella vek undan med blicken, som om hon plötsligt blivit blyg för honom.

"Bara ... att jag tänker på dig. Mycket." Hon drog efter andan och rätade på sig. "Jag saknar dig, Alex. Saknar oss."

Alexander skakade på huvudet.

"Jag väljer att ignorera det du nyss sa. Du har precis varit med om en traumatisk upplevelse, Gabbi. Det är nog fullt normalt att dina känslor är lite av en tombola just nu. Läget är säkert stabilare imorgon."

"Nej, det är inte så! Jag har haft de här känslorna och funderingarna i flera månader. Varenda grej Tobbe gjorde, allt han sa, jämförde jag med sånt du brukade göra. Och du gjorde allting bättre! Du var helt jäkla perfekt och jag fattade det inte ens!"

Gabriella andades häftigt och fick återigen tårar i ögonen.

"Jag bryr mig inte ens längre om jag blir mamma eller inte. Jag vill bara få komma tillbaka till dig igen, Alex. Det är det enda jag drömmer om. Det enda jag vill."

Alexander satt i dyningarna av hennes känslostorm utan att få fram ett ord. Fick han inte stopp på henne nu var risken att hon skulle fortsätta sina övertalningsförsök med allt mer raffinerade metoder. Hon kunde gå över till att böna och be, klä av sig naken eller vad som helst. Han om någon visste vilken bred arsenal hon hade att ta till. Hon hade brutit ned hans ståndaktiga försvar förut.

"Du är den ende jag någonsin älskat", sa hon hest. "Mitt liv har känts så tomt, så meningslöst, utan dig. Jag ... jag vill bara att allt ska bli som förut, innan utredningarna drog igång. Visst minns du hur bra vi hade det tillsammans då? Hur lyckliga vi var? Det kan bli så igen, jag vet det. Snälla Alex, låt oss försöka. Låt oss börja om."

Alexander hade helst velat resa sig och gå, men det skulle bara ha varit att proppa in problemet i ett skåp. Rätt vad det var skulle det komma att rasa ut över honom, vid värsta tänkbara tidpunkt. Nej, han skulle inte smita undan.

"Gabbi, det kommer inte att hända", sa han med stadig stämma. Och så, till slut, släppte han fram de ord, den sanning, som han så många gånger hållit tillbaka:

"Jag älskar en annan. Jag älskar Victoria mer än jag någonsin älskat dig."

* * *

Klockan hade passerat midnatt när Victorias mobil rytmiskt började vibrera på nattduksbordet. Det var Alexander, och han lät dämpad. Som om han var både fysiskt och psykiskt utmattad.

"Hur är det med henne?"

Han suckade.

"Hon har haft en jobbig kväll. Men nu har hon somnat, i alla fall. Jag får väl låta henne sova ut i morgon, och sen åker vi och hämtar hennes saker direkt och handlar lite mat. Sen har jag banne mig gjort mitt. Då kan inte ens vilda björnar hindra mig från att komma ut till dig."

"Vilda björnar?" fnissade hon. "Inte hästar?"

"Äh, hästar kan väl nästan vem som helst ta sig förbi. Björnar, däremot ... Där ska det minsann till bra mycket vilja och hjältemod." Han tystnade ett hjärtslag och la sedan till: " ... och kärlek."

Victoria kände det som om både hennes hjärta och hjärna stannade av. Hade hon hört rätt? *Kärlek? Sa han precis "kärlek"?* Hon var antagligen tyst alldeles för länge, för Alexander harklade sig och önskade henne en god natt. Hon mumlade god natt tillbaka och sedan la de på. En lång stund satt hon sedan och stirrade på högtalaren där hans ord kommit ifrån. Kärlek? Vad visste hon om kärlek? Inte mer än att hon älskat sin morfar.

Under småtimmarna manade hon fram bilder och minnen från sina möten med Alexander och försökte sätta dem i relation till den andra sortens kärlek, den som han åsyftat. Hon blev glad och varm av att tänka på honom. För all del upphetsad också. Men älskade hon honom?

Förmodligen inte.

Hon älskade ju inte ens sig själv.

* * *

Gabriellas ansikte såg ännu värre ut i morgonljuset. Blåmärkena hade blivit mer missfärgade och huden däremellan var blekare än kvällen innan. De åt frukost under tystnad och flera gånger såg Alexander hur hon diskret torkade sig under ögonen. Igår kväll, när han berättat om sina starka känslor för Victoria, hade hon i princip reagerat som om han gjort slut med henne. Det hade varit otroligt jobbigt att se Gabriella så ledsen, men han hade behållit distansen. För trots att hon hade rätt i att de varit

200

lyckliga, där i början, hade deras bok nått det sista kapitlet för länge sedan. Det här var bara en epilog.

I den tryckta tystnaden grubblade han även vidare över det korta samtalet med Victoria. Över hennes respons, eller snarare totala brist på respons, när han berättat vad han kände för henne. Förhoppningsvis hade hon bara blivit överrumplad och inte vetat vad hon skulle säga. Eller? Den illvilliga rösten från i natt viskade att hon inte var intresserad av hans kärlek. Att det var hans kropp, och möjligtvis sällskap, hon ville åt.

"Hur är det med Eduardo, förresten?"

Alexander ruskade på sig och tvingade sig tillbaka till nuet.

"Med pappa? Jo, han njuter av livet som passionär. Umgås med vackra damer och går för tillfället både matlagningskurs och konstkurs."

"Hm. Det där har jag fortfarande så svårt att förstå. Att han sa att han älskade din mamma så mycket, och nu dejtar han nya kvinnor typ hela tiden. Stör det inte dig?"

"Nej, varför skulle det göra det? Kärleken han och mamma hade blir ju inte mindre för att han är med andra kvinnor nu. Dessutom var hennes uttalade önskan att han inte skulle isolera sig efter hennes död. Hon ville att han skulle leva. Få så många stunder av lycka som han bara kunde."

"Vad då, hade hon skrivit det i testamentet, eller?"

Alexander log, vemodigt och inåtvänt.

"Nej, hon sa det till honom. Många gånger, tills han förstod hur viktigt det var för henne. Löftet han till slut gav var ännu ett sätt för dem att visa hur mycket de älskade varandra."

Gabriella begrundade hans ord en stund, och ryckte sedan på axlarna.

"Jag skulle fortfarande tycka att det var respektlöst om jag dog och min man gick från famn till famn sen. Sorry, men så är det."

Tur för dig att jag aldrig kommer att bli den mannen, då.

"Inget att be om ursäkt för. Du får väl tycka precis vad du vill. Men nu tycker jag att vi gör oss klara och åker. Du kan ta en lista därifrån bänken och skriva upp vad du behöver handla, så sparar vi tid i affären."

"Okej. Men ... tror du att du kan åka iväg och handla medan jag packar? Jag kan ju inte visa mig bland folk så här."

*   *   *

Sedan Alexander kom in i hennes liv hade Victoria inte fått ihop en enda arbetsminut. Visserligen var det långt till närmaste deadline, men hon tog tag i ett par barnboksillustrationer som hon redan skissat upp och märkte snart att det var skönt att fokusera på något annat än sina egna tankar. Timmarna som gått sedan Alexander ringt hade även tagit udden av det han sagt. Det var ett enda, framkastat ord och hon hade helt klart läst in för mycket i det. För hur kunde det ens vara möjligt att han menat att han älskade henne? Henne? Vad hade hon som gjorde henne värd att älskas? Av någon som han?

Nej, när han väl kom skulle hon låtsas som om hon inte uppfattat vad han sagt. Han hade säkert ändå inte menat något speciellt med det.

* * *

Alexander fick gå sex gånger uppför trapporna medan Gabriella satt i soffan och stirrade tomt framför sig. Hon hade fått ett samtal om att Tobbe var släppt i väntan på rättegång och jagat upp sig rejält, men till slut verkade Alexanders försäkran om att hon var i säkerhet gått in.

"Men vad gör jag om han hittar hit?" frågade hon ändå, just när han skulle lämna lägenheten.

"Håller dörren låst och ringer polisen. Men det kommer inte att hända. Han är inte så dum att han bryter mot kontaktförbudet."

"Kan jag inte ringa till dig istället?"

"I ett polisärende? Nej, absolut inte."

"Nej, det är sant ... Men kan jag ringa och prata med dig nån annan gång, om jag känner mig rädd?"

Han lyfte upp sin egen väska och lade handen på dörrhandtaget.

"Nej, det är bättre om du inte gör det. För oss båda. Jag har pratat med pappa och han kan komma och titta till dig om du vill. Eller skjutsa dig någonstans, eller handla åt dig om du behöver. Visst har du kvar hans nummer?"

Gabriella nickade och såg så ynklig ut att han fick ta till mentalt våld för att inte ge henne en kram. Men han stod emot.

"Sköt om dig, Gabriella."

"Tack, Alex ... För att du finns."

Han lämnade lägenheten med hennes gråtande, misshandlade ansikte på näthinnan. Hela kroppen protesterade mot hans kyliga behandling av henne och när han gått till den första avsatsen släppte han väskan på golvet och vände uppåt igen. Hon måste ha hört hans steg i trappan, för hon vred om låset och öppnade dörren i samma ögonblick som han kom fram. Kvidande kröp hon in i hans famn.

"Jag vill inte att du går!"

Mot hans vilja brände det till bakom ögonlocken.

"Jag vet det". Han strök henne varligt över bakhuvudet. "Men du måste acceptera att jag går ... Och att jag inte kommer tillbaka."

"Men varför?" snyftade hon. "Varför vill du inte ha mig längre? Vad kan hon ge dig som inte jag kan?"

Alexander hade inget bra svar att ge henne, utan böjde sig ned för att trycka en avskedskyss mot hennes hjässa. När han knep ihop ögonen i en grimas av smärta föll två tårar ned i hennes hår, men det var det ingen av dem som märkte.

* * *

Victoria arbetade intensivt i flera timmar och såg förvånat på klockan när Alexanders bil körde upp vid huset. Hur hade den redan hunnit bli halv tolv? Snabbt började hon ta reda på penslar och färger, men hade bara skruvat på ett par korkar innan hon hörde att Alexander kom uppför trappan. Han stannade kvar ute i hallen, väl medveten om att ateljén var hennes privata sfär, och hon lade hans respektfullhet till listan över saker hon uppskattade hos honom.

"Jag är alldeles strax klar!" ropade hon genom den stängda dörren. "Kommer snart!"

Med en oförklarlig känsla av att det brådskade tog hon till nödlösningen att svepa in penslarna i plastfolie. Hon gnuggade fingrarna hyfsat rena från färg och gick med pulsen dunkande i öronen för att öppna dörren.

Alexander stod mitt på hallgolvet med hängande armar, och trots att han fortfarande hade vinterjackan på sig såg han på något sätt mindre ut.

"Vad är det som har hänt?"

Han ryckte på axlarna.

"Ingenting, egentligen. Det var bara jobbigt ... att lämna Gabriella så där. "

Hon svalde och tog sats, för hon var tvungen att säga det.

"Varför stannade du inte då?"

Han gned sig i pannan och vände sedan blicken mot henne igen. Han såg så ... naken ut. Som om hans känslor trängt ut genom porerna och suddat ut den skyddande mask som borde ha suttit där.

"Därför att hon bara är en del av mitt förflutna. Det är du som är mitt nu. Så pass mycket tror jag mig veta. Men sen? När det här lovet tar slut och jag flyttar tillbaka till stan igen ... Hur blir det då? Vill du ens ... att det blir något mer?"

Den sårbara tonen i Alexanders röst fick hennes ögon att tåras. Bröstet värmdes av en uppvällande ömhet och hon önskade att hon kunde förklara hur mycket han betydde för henne. Hur han rann i hennes ådror som ett ljuvligt gift. Men inga ord kom till henne och i tystnaden såg hon hur Alexander sakta tappade taget om hoppet.

"Jag går ner", mumlade han och vände sig om. Åsynen av hans kutande ryggtavla skickade en smärtsam stöt genom henne och med ens visste hon vad hon måste göra.

"Vänta! Jag vill ... visa dig något."

Han vände sig långsamt mot henne igen och hon gick fram och tog hans hand.

"Kom", sa hon mjukt och ledde honom till dörren till ateljén.

"Är du säker?"

"Ja, det här är jag säker på."

Tyst tog hon med honom in i det soldränkta rummet. De passerade hennes stora arbetsbord, motionscykeln och jobbprojekten och gick fram till hörnet med hennes egna tavlor. Till tavlorna hon målat av honom.

"Du har ... målat de här?" viskade han och sträckte en ostadig hand mot sig själv, där han satt i hennes soffa med Lucifer i knät. Stum av hänförelse stirrade han sedan för första gången på sitt sovande jag, och hon förstod vad han såg. Han såg värmen. Samma värme som han sett stråla från tavlorna hon målat av sin morfar.

"Är ... är det så här du ser mig?"

Hans blick glänste av förnyat hopp och hon torkade sig i ögonen och nickade.

"Ja. Det var så här jag ville minnas dig. Om du försvann."

Alexander slog armarna om henne i en hård omfamning.

"Jag kommer inte att försvinna, Victoria", sa han kvävt. "Inte så länge du vill att jag stannar."

Under lunchen verkade Alexander kunna skaka av sig resterna av sitt svårmod, och efter en lång promenad kändes mötet i hallen som ett avlägset minne. Men Victoria hade inte glömt hur han sett ut, eller de farhågor han gett uttryck för. Vad skulle hända den dag när han frågade om hon någonsin skulle kunna älska honom? När han fick veta att förmågan att ge och ta emot den sortens kärlek var ännu en förmåga hon inte hade.

* * *

När de kom tillbaka från promenaden fick Victoria ett samtal. Av hennes kortfattade svar listade Alexander ut att det var hennes bror som ringde, och om han inte hade missförstått alldeles skulle han komma på besök. Redan samma dag.

"Det var Gustav", sa hon mycket riktigt. "Han ... ville komma förbi på fika."

"Så tur att det finns gott om kakor kvar, då."

Hon besvarade hans leende, men såg ändå lite stressad ut.

"Är det inte bra att han kommer?"

"Jo, det är det väl. Men det är bara så uppenbart att han bjuder in sig för att han är nyfiken på dig."

"Då får jag väl göra mitt bästa för att stilla den nyfikenheten. Är det något speciellt jag behöver veta innan, så jag inte trampar i några klaver?"

"Nja, han är ofrivilligt singel, så du kan ju undvika att ställa frågan om han har någon partner. Men annars är det nog bara att köra på. Han är inte den lättstötta typen."

"Skönt att en av oss i alla fall har ett syskon som är lätt att tas med. Eller i och för sig. Sara är inte alls lika komplicerad som Paula. Men hon och hennes man bor i England, så hon kommer knappast förbi på fika den närmaste tiden. Men de kommer hem till sommaren. Då kan vi väl passa på att träffa henne?"

Victoria såg ännu mer stressad ut, så han strök henne över armen och släppte ämnet.

"Eller det behöver vi ju inte prata om nu. Idag är det istället dagen jag ska få träffa Gustav! Håller han fortfarande på med någon sport?"

Hon log.

"Han håller på flera olika lag, om det räknas."

* * *

Trekvart senare bultade det på dörren. Alexander reste sig från kökssoffan och följde Victoria ut i hallen, där Gustav redan stampade av sig på dörrmattan. Hon fick en kort sekunds välkomnande ögonkontakt med honom, men när Gustav fick syn på Alexander bakom henne blev han helt stilla och stirrade på honom på klentrogen min.

"Är ... det något fel?" frågade hon och tittade från den ene till den andre. Alexander såg lika oförstående ut som hon, men Gustavs ögon smalnade.

"Är det här något skämt, eller? Typ Dolda kameran?"

"Vad snackar du om?" Hon försökte skratta, men lätet som kom ut var alldeles för gällt. Alexander lade händerna om hennes axlar och kramade dem varsamt.

"Ja, alltså, skulle *det här* vara ... din pojkvän? Jag menar, han är ju fan ... den snyggaste kille jag har sett."

Nu var det Alexander som skrattade. Ett varmt, hjärtligt skratt. Han släppte taget om henne och räckte istället fram handen mot Gustav, som tog den. Om än en aning avvaktande.

"Jag heter Alexander Carino och ja, jag hoppas att jag får titulera mig Victorias pojkvän. Trevligt att träffas ... och tack för komplimangen."

"Jaha. Shit, alltså ... Ja, jag är då alltså Gustav. Sällman. Vickans storebror. Sorry att jag inte trodde att du var på riktigt."

"Ingen fara. Det var ett rent nöje. Inte varje dag en får höra att en är för snygg för att kunna vara sann."

Gustavs besök avlöpte riktigt bra, med många skratt. Alexander njöt av att se Victoria så pass avslappnad och det om något fick honom att känna sig lite mer hoppfull inför framtiden. Tänk om han skulle bjuda hit sin pappa, om några dagar? Var det någon som var lätt att umgås med, var det han. Eduardo kunde få den mest besvärade att känna sig väl till mods.

Sedan de städat undan i köket la de sig att vila i soffan. Vilan övergick snart i bus och kyssar, men ännu en gång blev de störda av Alexanders telefon. Två meddelanden i rad plingade in borta i köket.

"Jag kollar det där sen", mumlade han och kysste henne på halsen. "Det är nog bara Jens som tjatar på om nyår."

"Javisst, ja. Nyårsafton är imorgon. Det hade jag glömt ... Har den där Jens en fest, som du ska gå på?"

"*Skulle* gå på. Dels är jag fortfarande arg på honom, och dels vill jag mycket hellre fira med dig."

"Ja, men det är självklart okej för mig om du väljer att gå på hans fest. Jag menar ... du behöver inte vara här om du inte vill."

Alexander satte sig upp och la händerna om hennes kinder.

"När ska du inse att jag inte vill något hellre än att vara här", sa han mjukt. "Victoria, när jag är med dig ... det är som det där talesättet jag läste en gång. Min själ vilar och ler."

Hennes kinder skiftade färg under hans händer, men hon gav honom ett litet leende.

"Så är det för mig också", sa hon med ostadig röst. "Ingen gör mig så lugn som du."

Nöjt lät han händerna glida nedför nacken och vidare längs konturerna av hennes kropp.

"Lugn är bra ... Men jag tycker allt om att göra dig vild och galen också ..."

Han särade hennes jeansklädda lår och strök uppför insidan av dem. När han nådde upp till skötet flämtade hon till och när han rytmiskt pressade en hand mot henne började hon snart röra sig i samma takt. Med den andra handen drog han upp hennes tröja. Åsynen av den vita huden fick honom att vilja klä av henne naken, men den här gången fanns det inte tid till det. Han drog ned en av BH-kuporna och smekte henne med både handen och munnen tills hennes andhämtning gått över i stönanden.

211

Med ivriga, fumlande händer började de knäppa upp varandras byxor och han drog av henne både jeansen och trosorna i ett ryckigt svep. Hon la sig skrevande ned framför honom, mer självsäker än han någonsin sett henne, och han gav sig inte tid att ta av sina egna jeans. Otåligt drog han ned dem en bit, la sig över henne och gned sig mot hennes fuktiga värme. Redan efter en kort stund blev det en plåga att inte vara inuti henne, så han styrde in sig och trängde in med en långsam stöt. Hon hade redan börjat dra ihop sig inför klimax, så det var givet att inte heller han skulle kunna hålla ut länge. Någonstans började hans telefon ringa, men det var lätt att ignorera signalerna.

"Sluta inte", bad hon, som om han sett det som ett alternativ.

"Ingen risk", flämtade han. "Inte ens sabeltandade tigrar kan få mig att sluta nu."

Efteråt låg de kvar och kysstes och skrattade åt att de var tvungna att använda sig av näsdukstricket den här gången också. Sedan ringde den jäkla telefonen igen.

"*Nu* kan du gå", flinade hon och han drog upp byxorna och joggade iväg till köket.

Det var Paula.

"Ja, hallå?"

"Jaha, här kommer du till slut", sa hon surt. "Uppringd och andfådd."

"Eh ... hej på dig med?"

"Ja, hej. Men du står inte högt i kurs nu, vill jag lova."

"För att jag ägnat mig åt amorösa aktiviteter?"

Skämtet gick inte hem.

"Ja! Indirekt. För hur kunde du lämna Gabbi ensam så där? Jag följde med pappa dit och hon är ju för fan ett *vrak*! Helt sönderslagen och rent ut sagt livrädd. Hon blev panikslagen varje gång hon hörde någon gå i trapphuset! Tyckte du verkligen att det var lämpligt att bara dumpa av henne i en tom lägenhet? I det skicket!"

"Du, det där låter inte ens som samma person. Hon var *inte* livrädd när jag åkte."

"Nähä, men chock kommer ofta i efterhand. Och dessutom hade hon ju inte varit ensam då, smartskalle."

"Nej, och varför hade hon inte varit ensam en sekund sen igår kväll? Jo, nu vet jag! För att *jag* hade åkt till sjukhuset och hämtat upp henne, upplåtit *mitt* hem i *två veckor*, kånkat på två veckors packning och handlat två veckors mat åt henne! Alltså vi snackar om tjejen som gjorde slut med mig i mars, och som jag inte hört ett ord från förrän igår. Så kom inte och säg att jag gjort mindre än jag behövt."

"Men ändå! Hur kom du ens på idén att lämna henne alldeles själv? Det måste ha funnits nån bättre lösning."

"Nej, nu gjorde det ju inte det. Hon påstod att hon inte hade någon annanstans att ta vägen, så hon ville absolut till lägenheten, trots att hon *visste* att jag skulle åka morgonen efter. Sen blev det ju väldigt uppenbart att hennes plan var att jag skulle stanna där hos henne, men så fan att jag skulle. Jag kommer inte tillbaka till henne vad än hon försöker med."

Paula tystnade och det enda Alexander kunde höra var sina egna, hetsiga andetag.

"Vad är det du säger nu?" sa hon till slut. "Vill Gabbi att ni ska bli tillsammans igen?"

"Ja, hon praktiskt taget bad på sina bara knän. Halvnaken."

"Men ... det där att ni inte kan få barn ...?"

"Hon sa att hon inte bryr sig om barn längre. Att allt hon vill är att jag ska ta henne tillbaka. Men jag sa som det var. Att det inte är henne jag älskar, utan Victoria. Att jag aldrig älskat henne på samma sätt."

Paula drog efter andan.

"Men visst *skämtar* du? Du har knullat en galen kvinna därute i skogen ett par dagar, och nu tror du att det är ditt livs kärlek?"

"Du pratar inte om henne så där", sa han varnande. "Victoria är inte galen."

"Okej. *Socialt missanpassad* då. Men herregud, Alex. Du kan inte mena allvar."

"Jo, jag är mycket allvarlig. Hur som helst är Gabbi inte mitt ansvar längre, och tycker ni att jag handlat fel får ni väl se till att hitta en bättre lösning. Vill hon bo kvar i lägenheten går det bra för mig, för jag kommer inte att vara där. Jag stannar här."

"Ja, det har du gjort väldigt klart", sa hon syrligt. "Och eftersom vi inte har något mer att säga varann för tillfället, får du väl återgå till dina *aktiviteter*. Vi får höras sen när du knullat dig less och längtar tillbaka till civilisationen igen. Vilket inte lär ta så lång tid."

Alexander suckade.

"Håll inte andan."

Uppretad och med en känsla av att ha blivit psykiskt påkörd gick han tillbaka till vardagsrummet. Victoria satt kvar i soffan, påklädd och med knäna uppdragna till hakan.

Det fanns bara ett ord att beskriva hur hon såg ut.

Förkrossad.

Fan.

Alexander satte sig tungt bredvid henne i soffan.

"Hörde du vad vi pratade om?"

Victoria nickade, med händerna för ansiktet.

"Vad var det som gjorde dig ledsen?"

Hon andades ett par gånger innan hon svarade.

"Allt."

* * *

Victoria visste inte hur hon skulle få Alexander att förstå. Visste inte om det gick att få någon att förstå.

"Är det något du vill fråga om?"

Hon nickade igen, trots att hon inte skulle kunna sätta samman en enda vettig mening. Efter en evighets tystnad gav han sig istället på att formulera ett svar:

"Gabbi är van att få sin vilja fram, ända sen hon var liten. Så de gånger när hon stött på motstånd har hon tagit till en mängd olika knep. Manipulerat, till och med. Så jag är rätt säker på att hon överdrev sin rädsla, och det rejält, när hon träffade pappa och Paula idag. Så pass bra känner jag henne. Men Paula köpte det rakt av, så det är ju förståeligt att hon var upprörd och oroad. Sen är hon ju kvinna själv, så hon tänkte säkert sig in i hur hon själv skulle må om hon blivit så där misshandlad. Så ... jag tror att det var därför hon reagerade som hon gjorde. Sen när det gäller det Gabbi sa till mig ..." Han bytte ställning bredvid henne och verkade leta efter orden ett tag. "Det är nog rätt vanligt att bara komma ihåg det bästa från ett förhållande. Att inte låtsas om, eller till och med förtränga, det som varit jobbigt. Så jag tror att ... hon satt mig, eller rättare sagt en sex-sju år yngre version av mig, på en sån där piedestal. För det var mycket som var dåligt, där i slutet. Det hade inte bara med vår oförmåga att få barn att göra. Hade jag vetat det jag vetat nu, hade jag avslutat förhållandet för flera år sedan."

Han tystnade och hon tvingade ur sig en fråga, trots att hon inte visste vad hon skulle göra av svaret.

"Vad är det ... du vet nu?"

Alexander lade en varm hand på hennes smalben.

"Att hon inte var rätt för mig. För ... det är det du som är."

Victoria vände sig bort och sträckte sig efter en kudde att dra in i famnen. Alexanders hand föll ned på soffsitsen med en duns och blev liggande där.

"Victoria", sa han till slut, med ett tonfall hon inte kände igen. "Du måste berätta för mig vad det är som är fel."

Hon borrade in fingrarna i kudden för att stålsätta sig inför det hon måste göra. För hon måste göra det. Hon kunde inte låta honom fortsätta nöta av banden till sin familj och sina vänner, till sitt liv, på grund av henne. På grund av den kärlek han trodde att de en dag skulle dela och den orealistiska framtid han i tankarna börjat måla upp. Han ville ha så mycket av henne. Så mycket som hon aldrig skulle kunna ge.

Snart skulle hon kunna tillåta sig att falla i gråt, men först var hon tvungen att säga de ord han måste få höra. De rev som grus i strupen, men hon tvingade dem över sina torra läppar.

"Jag älskar dig inte. Jag kommer aldrig att älska dig."

* * *

Alexander stirrade på Victorias bortvända rygg, lika bestört som om hon precis sagt att hon hatat honom. Den illvilliga rösten bet till med ett *vad var det jag sa* och han kunde inte minnas att han någonsin känt sig så totalt handlingsförlamad. Frånvarande noterade han att Victoria grät så hon skakade, men han förmådde inte ens sträcka ut en hand och försöka trösta henne. Hur kunde han ha misstolkat allt så grovt? Hur var det möjligt att hon inte kände detsamma som han?

Efter en räcka minuter övergick Victorias gråt i torra snyftningar. Hans blick hade vandrat uppåt, till det trassliga hårpartiet på bakhuvudet. Det var nästintill ofattbart att hon bara för en liten stund sedan legat under honom, med benen virade runt hans höfter och händerna i hans hår. Hon hade sett honom i ögonen och andats hans namn. Som om ... hon älskat honom.

Smärtan tvingade honom att resa sig upp. Han började gå fram och tillbaka över golvet, bara för att ha något att ta sig till. Betydde det här ... att han var tvungen att åka härifrån? Skulle han aldrig mer få se henne?

Nej, det var inte möjligt. Det kunde inte sluta så här. Universum kunde inte ha så här fel.

"Jag vill inte åka härifrån idag", kastade han ur sig.

Hon gav sitt grötiga svar med ansiktet fortfarande pressat mot kudden.

"Det behöver du inte göra. Men ... du måste börja ta dig tillbaka till ditt riktiga liv."

"Det här *är* mitt riktiga liv!" Han hade inte menat att ropa, men trycket inifrån bröstet gjorde rösten starkare. Kanske var han på väg att få en hjärtattack.

Äntligen vände hon upp ansiktet, men hon såg inte på honom utan snett förbi.

"Vem mer än du håller med om det?"

"Pappa! Och ... och Gustav!"

Victoria drog på munnen i en sorglig imitation av ett leende.

"Gustav har kämpat hela sitt vuxna liv för att få ett förhållande att fungera. Varför skulle han för en sekund tro att *jag* skulle lyckas? På första försöket, med någon som du? Att träffa dig var för honom som att ... springa på Zlatan. En minnesvärd och fullständigt oväntad engångsföreteelse."

"Varför är du så kritisk mot dig själv?"

"Därför att det är det enda jag fått lära mig att vara. Och om du ger dig själv tillåtelse att tänka efter kan du också räkna ut det. Se det framför dig. Hur det skulle bli om du fortsatte att välja bort allt och alla bara för att få köra hit ut ibland."

Alexander orkade inte stå upp längre, utan damp ned i fåtöljen vid kortsidan av bordet.

"Varför dömer du ut oss på förhand så här?" sa han matt. "Varför vill du inte ens ge det en chans?"

Hon såg honom rakt i ögonen och trots att hennes röst var mjuk vibrerade orden av smärta.

"Därför att du förtjänar så mycket mer än jag någonsin kan ge dig."

* * *

Under de följande timmarna kunde Victoria se hur acceptansen stegvis fick fäste hos Alexander. Hur hans rosafärgade kulisser en efter en rasade ner och avslöjade den grå betong han försökt dölja. För innerst inne visste han att det aldrig skulle ha fungerat. Om han fortsatt på den inslagna vägen hade det efter en tid skadat hans övriga relationer alldeles för mycket, och så småningom skulle den besvikelsen ha gått ut över dem själva, över henne. Det var en risk för stor att ta, även för någon vars kärlek var besvarad. För inte ens det kunde hon lova honom. Hon kunde inte lova honom någonting.

När de blev hungriga lagade de middag och Victoria dukade med fint porslin och linneservetter och öppnade en flaska vin. Medan ljusen brann ner turades de om att återge sina bästa minnen från dagarna de delat. Lyssnade till vartenda dyrbart ord den andra sa. Skrattade och grät om vartannat.

När kvällen övergått i natt förde Alexander henne till vardagsrummet, där de dansade tillsammans en sista gång. Varje ord om olycklig kärlek och avsked skar ett nytt svidande snitt i hennes inre, men hon höll honom hårt tills musiken tonat ut.

Därefter tog hon honom till sitt blommande sovrum för att en sista gång sova i hans armar.

När hon vaknade i gryningen hade han redan åkt.

*   *   *

Alexander visste inte om Gabriella var kvar i hans lägenhet så han körde, trots att det var så tidigt att det snarare var natt, till sin pappas lägenhet. Eduardo öppnade med håret på ända och sömnsmala ögon, men förstod att det inte var läge för några frågor. Han gav sin son en lång kram och bäddade oombedd åt honom i soffan.

"Sov nu, så pratar vi när du vaknat."

"Jag kommer inte att kunna sova."

"Så som du ser ut, hoppas jag att du får göra det. Vi ses imorgon."

Alexander vaknade till kaffedoft och sin pappas hummande sång bortifrån köket. Himlen som skymtade mellan de stora krukväxterna i fönstret var dystert jämngrå och fysiskt mådde han som om han pimplat whiskey en hel kväll. Psykiskt kände han sig ihålig. Som ett badkar där någon dragit ur proppen. Inget varmvatten fanns kvar.

Trots att han knappt gett ett ljud ifrån sig dök Eduardo upp i dörröppningen efter en stund. I ena handen höll han ett stort vattenglas och i den andra en mugg med rykande kaffe.

"Eller behöver du något starkare?"

Alexander drog sig upp i sittande ställning och nickade mot glaset. Efter att ha hällt i sig hälften av det svalkande vattnet kände han sig i alla fall lite mer vaken.

"Tack."

Eduardo tog tillbaka glaset och räckte honom muggen istället.

221

"Ta lite kaffe också. Sen kanske du kan berätta varför du dök upp här halv fyra på morgonen och såg ut som en urvriden handduk?"

"Trasa, pappa."

Han smuttade på det alldeles för varma kaffet och ställde suckande ifrån sig muggen på soffbordet.

"Det jag hade med Victoria ... Hon avslutade det igår, utan förvarning. Det är slut."

Eduardo höjde på ögonbrynen.

"Gjorde hon? Det hade jag aldrig gissat. Jag trodde att det här hade något med Gabriella att göra."

"Va? Varför det?"

"Ärligt? Jag misstänkte att hon fått dig att åka tillbaka till henne igår kväll. Att du där fallit för frestelse och sedan blivit sjuk av ånger. Eventuellt att Victoria fått reda på det också så att ni bråkat. Något ditåt i alla fall."

Alexander skakade trött på huvudet.

"Nej, inget sånt. Bara ... oöverstigliga hinder."

Eduardo satte sig på soffans armstöd och klappade honom sakta på axeln. I Alexanders sköra tillstånd blev den enkla gesten av ömhet för mycket. Han slog armarna om sin far, begravde ansiktet mot hans skjortbröst och blötte ner tyget med snörvliga tårar.

"Min älskade, älskade Alejandro ...", mumlade Eduardo och strök honom över ryggen. "Om det bara fanns något jag kunde göra."

* * *

Victoria gick direkt från sängen och in i ateljén, där hon slet bort plasten från penslarna och fortsatte måla där hon slutat. Efter ett par timmar drev hungern henne ned till köket, och efter hon sett till hönsen var det något i kroppen som drev henne ut på promenad. Hon gick längre från huset än hon någonsin gått förut och ändå kändes det inte nog. Klådan hade inte stillats. För förstå gången längtade hon bort, men hon visste inte vart.

Samma eftermiddag skottade hon sig fram till garaget och städade ur den gamla golfen så gott hon kunde. Den hade varit avställd i flera år, men Gustav kanske kände någon som kunde få den i körbart skick igen?

Svettig och ivrig av arbetet ringde hon honom så snart hon kommit in.

"Men hej, syrran! Inte varje dag du ringer. Måste vara den där snyggingen som har ett gott inflytande på dig."

Hon var helt oförberedd på en sådan kommentar. Orden träffade henne i magen som ett knytnävsslag.

"Hallå? Vart tog du vägen?"

"Jag är här", sa hon när hon fått tillbaka luft i lungorna. "Men ... Alexander är det inte."

"Jaha. Har han åkt och handlat inför nyårsfirandet ikväll? Slår vad om att det blir fint värre. Hummer, äkta champagne och sån där lever som ska vara så lyxig. Vad är det? Anka?"

"Gås. Men nej, han är inte och handlar. Han har åkt hem. För gott."

"Men vad säger du? Fan, har han dumpat dig? Vad då, igår kväll? Ni som verkade så himla kära!"

Hon gav ifrån sig ett ljud som var en blandning av skratt och snyftning.

"Kära?"

"Ja, jag såg ju hur ni tittade på varann, log och höll handen och grejer. Jag var ju där, om du har glömt det. Men varför gjorde han det? Och är du ledsen? Ska jag komma dit? Eller om du vill att jag ska åka och skälla ut honom gör jag nog hellre det. Ingen krossar min syrras hjärta ostraffat."

"Tack, men det behövs inte", sa hon tyst. "Det var jag ... som gjorde slut."

"What? Men varför i hela friden då?"

"För att ... jag vill att han ska bli lycklig. Och det skulle han inte kunna bli ... med mig."

Gustav sa inget på en lång stund och till slut bröt hon tystnaden med sitt egentliga ärende.

"Men det finns något du skulle kunna få göra för mig. Om du vill. Du vet den där gamla golfen som står här? Jag skulle behöva lite hjälp med den."

* * *

Till lunch lyckades Eduardo locka Alexander till bordet med sin hemmagjorda pastasås. Den mustiga såsen gav visserligen lite värme till kroppen, men han fick tvinga i sig varje tugga. Eduardo harklade sig och kliade sig på hakan.

"Jo ... du får självklart bo här så länge du vill och behöver, men nu är det så att jag bjudit hit lite folk ikväll. Det är ju nyår som du vet. Och det är ju tyvärr lite för sent att säga att de inte kan komma, så ... Jag förstår att du inte kan åka till din egen lägenhet, eftersom hollywoodstjärnan bosatt sig där, men ... finns det nån annanstans du kan vara i kväll? Eller kan du tänka dig att vara här ändå?"

Alexander ryckte på axlarna.

"Jag får väl ta och åka på Jens fest trots allt. Då blir då han nöjd i alla fall."

Eduardo log, uppenbart lättad.

"Ja men det blir nog bra. Då får du något annat att tänka på ett par timmar."

"Kanske det. Men en enda gliring från honom eller Robban så drar jag därifrån direkt. Förresten, du kan hälsa att det gäller för

Paula och Fredrik också, om du pratar med dem. En taskig kommentar om Victoria när vi ses och jag drar."

"Nog kan jag väl hälsa det", sa Eduardo långsamt. "Men jag vill att du håller en viktig sak i tankarna. Allt Paula gjorde, gjorde hon ur omtanke om dig. Hon älskar dig, vet du. Lite som en sån där tigermamma, misstänker jag ... Och när det gäller hennes överreaktion angående Gabriella, så var det ju omtanke som låg bakom även där. Hon avskyr verkligen att behöva se människor hon bryr sig om fara illa."

Alexander lät sin fars ord sjunka in, och insåg att han inte hade något att häva ur sig till protest. Paulas omsorg hade alltid varit lite over the top, men den var utan tvivel sprungen ur god vilja. Och för all del, kärlek.

Direkt Alexander kom innanför Jens dörr fick han en snabb kram och ett glas mousserande vin i handen.

"Härligt att se dig, Alex! Grymt kul att du kom."

"Visst. Men räkna inte med att jag bidrar till nån feststämning."

"Det är lugnt. Den kan vi andra stå för. Kom och träffa alla nu! Du kan aldrig gissa vem du har till bordet."

Tyvärr kunde han gissa exakt vem det var.

Camilla. Erikas babblande kompis från krogen.

* * *

Det blev bestämt att Gustavs bilmekarkunniga kompis skulle komma förbi dagen efter nyårsdagen, så fram till dess kunde hon inte ta sin tillflykt ut på vägarna. Inne i huset plågades hon av alla minnesbilder av Alexander. De lurade i nästan varje möbel och hörn och när hon hittade en kvarglömd t-shirt i sovrummet stod hon inte ut längre. Det bästa hon kunde komma på var att hämta laptoppen från ateljén och fly till det lilla gästrummet intill sovrummet, där han aldrig varit. Rummet hade en gång i tiden varit hennes eget, och bara att vistas där inne gav henne ett visst mått av frid. När den gamla maskinen tuggat igång öppnade hon mejlboxen och mappen där hon förpassat alla inbjudningar hon fått till diverse konstforum på nätet. Ett av dem hade flera förläggare tipsat om, så hon tänkte att det var lika bra att börja där.

Den internationella sajten var enorm, med tusentals medlemmar och deras tiotusentals konstverk. Allt mer fascinerat letade hon sig fram bland flikar och länkar och förstod snart upplägget i grova drag. Hur det gick till att ställa frågor och diskutera olika ämnen och hur konstnärerna lade upp sina verk så att andra kunde lämna kommentarer. Det fanns en sökruta också. På prov skrev hon in sin pseudonym Anna Lindmark och hajade till när hon fick upp en träff. Med fladder i magen klickade hon på länken.

Inlägget som kom fram var skrivet av en spansk kvinna som målat omslaget till den spanska utgåvan av en fantasybok hon själv målat det svenska omslaget till. Två foton, ett av vardera boken, var satta intill varandra, och trots att motiven var olika påminde målningarna på många sätt om varandra. Det såg nästan ut som om samma person legat bakom båda två.

"Look what I and my Swedish sister did! Aren't we great? :) #annalindmark #legendofshadowland"

Under bilden var det en lång lista med kommentarer. Alla odelat positiva. När hon scrollat ner till den sista raden fick hon en impuls att skriva dit en egen kommentar. En liten. Det kunde ju inte skada.

Efter att ha tragglat sig igenom en lång registreringsprocess, där hon till slut valde att ha sin pseudonym som användarnamn, satt hon länge och funderade på vad hon skulle skriva.

"Way to go, sis!" blev det till slut.

* * *

Lagom till varmrätten hade Alexander fått i sig tillräckligt med alkohol för att kunna delta i samtalen vid bordet. Såren var kvar, men för tillfället någorlunda dolda under ett mousserande bandage.

"Jag har pratat med Erika om dig", sa Camilla med en blinkning. "Du skulle bara veta hur mycket gott hon hade att säga om dig ... Nästan så att jag misstänkte att hon också är intresserad. Så ... det är ju tur för mig att hon redan är gift."

228

Alexander inledde en inre överläggning om hur han skulle tackla den uppkomna flörtsituationen, men gav sedan blanka tusan i argumenten och drog i sig en stor klunk vin istället. Det spelade ingen roll. Inget spelade nån roll längre. Victoria hade försvunnit ur hans liv och skulle aldrig komma tillbaka.

Det var väl lika bra att han satte igång med att försöka fylla upp kratern hon lämnat. På det sätt som råkade stå till buds.

"Och tur för mig att du inte är det", sa han och blinkade tillbaka.

Långt senare smekte Camilla Alexanders lår under bordet, allt mer målmedvetet. Kroppen reagerade som förväntat, och på något vis fick det honom att känns sig lite stolt. Nog för att han knappt kunde äta och inte räknade med en ordentlig natts sömn under de närmaste dagarna. Eller veckorna. Men när det gällde sex var han bevisligen inte helt ur funktion.

I sitt vinsurrande huvud började han fantisera om att ta med Camilla till badrummet och dra upp den där tajta kjolen, men när hon viskade åt honom att följa med var det inte dit hon styrde stegen. Istället smet de in i Jens sovrum, där hon vred om en nyckel som lägligt nog satt i låset. Därefter trodde han att hon vände sig mot honom för att kyssas, men hon föll ner på knä och började spänna upp hans bälte. Han vinglade till och tog stöd mot byrån bakom sig medan hon slickade sig i mungipan och såg upp på honom med stora, allvarliga ögon. Minen fick henne att se ännu yngre ut än hon var, så han vände ansiktet mot taket och påminde sig om att det här var helt och hållet på hennes initiativ.

Camilla utstötte små gnyende suckar medan hon frigjorde honom från byxorna och när hon girigt tog honom i munnen började hon stöna som om hennes klitoris satt i munnen. Som om hon var stjärnan i en dålig porrfilm. Hon grep tag i hans ena hand och satte den mot sitt bakhuvud och trots att han varken rörde höfterna eller pressade hennes huvud mot sig, tog hon in honom djupare. Mycket djupare. Hon kväljdes, och av ren reflex grep han tag i hennes hår.

"Men vad *gör* du?" utbrast han och drog henne ifrån sig.

Hon såg förvirrat upp och torkade sig hastigt om munnen.

"Var det inte skönt?"

"Eh, vad anser du själv?"

Hon flackade med blicken och sträckte sig efter honom.

"Kom då", spann hon, "så gör jag på ett annat sätt."

Alexander föste bort hennes hand, stoppade tillbaka den slaknande dicken där den borde ha stannat och knäppte igen gylfen.

"Du. Jag är ledsen, men ... vi får ta och lägga ner det här."

Tyst såg hon på när han tryckte ned skjortan i byxorna och spände igen skärpet.

"Det har inget med dig att göra", sa han lågt. "Du är säkert en jättefin tjej, men jag är absolut inte redo för att gå in i något nu. Mitt förra förhållande har precis tagit slut och ..."

"Det tog ju slut i *mars*."

Camilla var röd om kinderna och rösten darrade betänkligt. Hon tog sig upp på fötter och försökte otåligt låsa upp dörren. Nyckeln föll klingande till golvet och hon slog händerna för ansiktet.

"Varför blir det så här hela tiden!"

Han visste inte om hon ville ha något svar. Mest troligt var det väl att hon bara ville att han skulle lämna henne ifred. Men efter ha satt tillbaka nyckeln i låset lade han en hand på hennes axel och kramade den lätt.

"Du har bara inte hittat rätt kille än ... Men det kommer du att göra."

Han låste upp dörren och vände sig mot henne en sista gång. Hon bet sig i läppen och såg på honom med tårblanka ögon.

"Du då? Kommer du att hitta rätt tjej?"

Alexander försökte le, men misslyckades kapitalt. Strupen snörptes åt och orden kom ut som en sprucken viskning.

"Jag har redan hittat henne."

* * *

Senare på kvällen loggade Victoria in på sajten igen. En röd etta lyste längst uppe i högra hörnet, och när hon klickade på den fick hon fram ett långt, privat meddelande. Från Adella Rivera. Sin spanska syster.

Brevet var skrivet på oklanderlig engelska, och som så många gånger förut var hon glad och stolt över att kunna läsa språket nästan lika obehindrat som sitt eget.

"Hej, Anna!

Så roligt att äntligen få komma i kontakt med dig! Detta har jag sett fram emot, må du tro. Kommer du att lägga upp några av dina alster här på sidan? Jag längtar verkligen efter att få se mer av det du gjort. Gör du bara fantasy, eller annat också? Själv älskar jag att måla av naturen runt om mig, men som du vet är det ju tyvärr inte många som efterfrågar det till bokomslag ...

Sysslar du med digital konst också, eller målar du bara på duk? Själv har jag precis börjat prova på det. Kul men svårt! Om du har tid, möjlighet och lust, skulle det var fantastiskt roligt om vi kunde skapa en digital målning tillsammans någon gång. Vilken grej det skulle vara, va? Fundera gärna på det!

Hur som helst: Jättekul att höra av dig. Hoppas verkligen att det bara är för den första gången av många.

Varma hälsningar och gott nytt år! <3 / Adella."

Buren av en värmande våg valde Victoria ut några foton av sina konstverk och laddade med bultande hjärta upp dem på sajten. Därefter öppnade hon ritprogrammet hon införskaffat förra julen, men inte använt sig speciellt mycket av. Hon hade gått vilse i djungeln av funktioner och inställningar, men fick nu en förnyad lust att sätta sig in i tekniken ordentligt. Det kändes som om det var dags nu.

Dags för henne att vidga sina kringskurna vyer och bryta sina invanda mönster.

Just före tolvslaget klädde hon på sig varmt och gick ut, precis som hon brukade. Men trots att hon som vanligt var den enda människan inom tusen meters radie, var hon för första gången medveten om tomrummet bredvid sig. Platsen där Alexander kunde ha stått. Hon vände blicken upp mot den stjärnbeströdda himlen, ljuvligt befriad från konstgjorda krevader, och intalade sig ännu en gång att hon gjort rätt. Att hon inte kunde ha handlat på något annat vis. Att sorgen en dag skulle gå över. En meteor sköt fram i ett vitt streck tvärs över Orion och lika snabbt kom en önskan till henne. Det var dock inte den önskan hon trott sig ha. Inget om att göra mötet med Alexander ogjort eller att magiskt glömma honom tills nästa morgon. Nej, det var något helt annat som lösgjort sig från hennes innersta och flutit upp i medvetandets ljus. Häpen uttalade hon orden högt, rakt ut i natten.

"Jag önskar att jag inte behövde gömma mig längre."

Och där, i skogens susande tystnad och under stjärnors sken, vågade hon nästan tro att det var en önskan hon själv kunde få att slå in.

* * *

Alexander gick direkt från sovrummet till hallen och vidare ut i natten. Vid slutet av gatan stannade han för att knappa iväg ett kort meddelande till Jens. Något om att han mådde dåligt och blivit tvungen att gå. Vilket i och för sig inte var någon lögn. Han mådde lika pissigt som efter Gabriella lämnat honom, men sorgen efter Victoria var av ett helt annat slag. Då hade han sörjt över allt som blivit förstört. Nu sörjde han över det som aldrig skulle få bli.

Som vanligt gjorde gatlyktorna att stjärnorna knappt syntes. Men de allra starkaste kunde han ändå se, och Orions bälte avtecknade sig tydligt ovanför hustaken. Plötsligt såg han en stjärna falla, men brydde sig inte om att önska sig något. Däremot avgav han, med kvällens fadäs i färskt minne, ett nyårslöfte. Ett om att börja lyssna bättre på sin magkänsla. Eller vad man nu kunde kalla den där diffusa övertygelsen som, genom alkoholdimmorna, försökt få honom att fatta att han inte skulle ha följt med Camilla in i det där sovrummet.

Men han hade lärt sig av sitt misstag. För att inte hamna i samma skuldtyngda återvändsgränd igen, var tjejer bara att glömma. På obestämd tid.

* * *

234

När Victoria skulle lägga sig drogs blicken hela tiden till stolen intill sovrumsfönstret. Till den svarta t-shirt som hängde över armstödet. Hon slets mellan alternativet att kasta den i soporna och begäret att ta den med sig till sängen, men beslutade sig till sist för en tredje åtgärd. Dröjande vek hon ihop Alexanders tröja till en prydlig kvadrat och la den i en av byrålådorna i klädkammaren. I en ziplockpåse som hon hämtat nere i köket. Så hans doft skulle stanna kvar.

* * *

På nyårsdagen åkte Eduardo hem till sin nuvarande flamma, medan Alexander petade i sig kalla rester framför teven och tittade på backhoppningen. Halvvägs in i sändningen fick han en släng av rastlöshet och zappade runt ett varv bland de övriga kanalerna. En dokumentär om Romarriket hade precis börjat och han tänkte att han kunde ge den ett par minuter. Det slutade med att han såg hela programmet. Det var riktigt bra.

En stund senare ringde Jens.

"Tjenare, Alex. Hur är det med dig idag?"

"Efter omständigheterna är det väl rätt bra, antar jag. Höll ni på länge igår?"

"Ja, shit vilken fest det blev! Men, du ... Camilla såg rätt nere ut efter du dragit. Gick det inget bra för er, eller?"

Eftersom Alexander inte visste hur mycket hon sagt, valde han att spela dum.

"Med vad då, tänkte du?"

"Hallå, ni var ju hur heta som helst på varann igår. Så ... blev det nåt, eller?"

Alexander slöt ögonen och lutade sig tillbaka mot kuddarna. Han visste inte om han kunde få Jens att förstå, men fick väl i alla fall göra ett försök.

"Du, jag kanske lyckades dölja det igår, men att jag och Victoria inte ... Jens, jag är helt knäckt, alltså. Helt jävla knäckt. Så nog för att jag fattar att du fixade ihop mig med Camilla för att vara schysst, men ... Nej, jag skulle ha satt stopp för det där direkt. Jag känner mig som en riktig skitstövel som inte gjorde det. Och jag skulle uppskatta om du, och alla andra för den delen, respekterar att jag måste få lite tid innan jag ens kan börja fundera på att gå vidare. Eller snarare ... mycket tid."

Jens var tyst ett tag innan han svarade.

"Så det var så allvarligt? Med Victoria, alltså."

Alexander svalde hårt för att försöka hålla rösten stadig.

"Ja. Det ... var det."

Det gick sådär.

"Jag hade ingen aning", sa Jens lågt. "Verkligen ingen aning. Jag trodde nog mest att du drabbats av sånt där Stockholmssyndrom. Hm. Och nu när jag säger det högt så hör jag hur dumt det låter. Så ... sorry, mannen. För kidnappningen och allt det där, också."

Alexander kunde se Jens flin framför sig och drog lite på munnen han med.

"Det är lugnt. Jag vet ju varför ni gjorde det."

"Jaså?"

"För att ni älskar mig. Så. Jävla. Hårt."

Jens brast ut i ett frustande skratt som fick den grå dimman kring Alexander att lätta. I alla fall för en liten stund.

*   *   *

Victoria längtade så mycket efter att få bilen reparerad att hon nästan glömde bort att vara nervös inför besöket. Och sen när Gustav och Amir väl kommit blev det så mycket att stå i med saker som skulle hämtas och kaffe som skulle kokas att hon knappt hann vara nervös då heller. Förutom för att bilen inte skulle gå att starta.

Efteråt var Amir, och även hans glade och fumlige hjälpreda, så nedsmetade av gammal olja och annat att de tackade nej till att komma in på lunch. Det var visserligen en lättnad för Victoria, men hon förvånades över att lättnaden även innehöll ett smalt stråk av besvikelse. Hon var så tacksam över hjälpen att hon gärna hade velat ge något mer än pengar i gengäld.

När de åkt och hon blivit ensam igen värmde hon upp en portion linsgryta och hällde över i en mattermos. Visserligen hade bilen fortfarande körförbud, men solen sken och det var föga sannolikt att hon skulle stöta på en polis på de vägar hon tänkt sig att färdas på. Belåtet klappade hon sin packade matsäck.

Hon skulle äta sin lunch med ryggen lutad mot en trädstam som växte långt därifrån.

* * *

På söndagen bjöd Eduardo hem Paula med familj på middag och Alexander hade bara att finna sig i beslutet.

"Ungarna längtar efter att få träffa dig, Alexander. Och vet du vad? Det gör Paula med."

"Det tror du? Jag tror att hon fortfarande är sur över det där med Gabbi."

"Nej, det är hon inte."

Alexander gav sin far en frågande blick.

"Och hur kan du vara så säker på det?"

"'Därför att Paula åkte och hälsade på henne en gång till, efter att hon pratat med dig."

"Okej? Och då fattade hon till slut att Gabbi överdrivit sin rädsla?"

"Någonting ditåt. Så hon ... ångrar ju att hon ringde och skällde ut dig. Hon visste inte."

Minnena från tisdagskvällen fick det att smärta till i bröstet. Det där telefonsamtalet hade varit upptakten till kollapsen av hans tillvaro och han skulle aldrig, så länge han levde, kunna tänka på det utan sorg.

Men kanske kunde han så småningom tänka på det utan ilska.

* * *

Under de senaste nätterna hade Victoria sovit i sitt gamla rum, och när hon vaknade på måndagsmorgonen satte hon sig vid det smala skrivbordet och startade upp datorn igen.

Nu hade det gått rätt lång tid. Chansen fanns att Adella hunnit skriva ett svar.

Mycket riktigt lyste den röda ettan igen, men det fanns andra siffror också. Aviseringar om gillamarkeringar och kommentarer, till bilderna hon lagt upp i sitt galleri. Hon utgick från att det var Adella som skrivit kommentarerna, men det visade sig att hon bara skrivit två av dem. Resten, de tolv övriga, var från andra, okända personer. Hon läste dem under spänd tystnad, ständigt väntande på den svidande kritiken.

Men den kom aldrig.

Yr av förundran öppnade hon Adellas brev, vilket var lika sprudlande och vänligt som det första. Den här gången hade hon berättat mer om sig själv och sina tyckanden och tänkanden, uppblandat med intresserade frågor. Victoria läste och funderade över dem alla, och bestämde sig för att svara på en del av dem. Den del som inte hade med hennes familjesituation och liknande att göra.

Det gick förvånansvärt lätt att ge ärliga svar under ett påhittat namn.

* * *

Den första arbetsdagen närmade sig och Alexander såg på sätt och vis fram emot att börja jobba igen. Att få annat att tänka på och något meningsfullt att göra. Det skulle även bli trevligt att träffa kollegorna igen, även om han gruvade sig en del för att träffa Erika. Han hade fortfarande fruktansvärt dåligt samvete för hur han hanterat situationen med Camilla, men tröstade sig med att det hade kunnat vara värre. Betydligt värre.

Återigen lovade han sig själv att aldrig mer inleda något med en kvinna han inte kände något för.

Han visste det ju själv, numera.

Hur ont det gjorde att älska när ens känslor inte var besvarade.

Under sena kvällar och nätter, när Eduardo sov men Alexander själv var långt ifrån att kunna göra detsamma, satt han vid datorn i hallen. Han sökte fram sida efter sida med fakta om panikångest, social fobi, depression, bipoläritet, borderline, manier, fobier, neuroser, psykoser, schizofreni, psykopati, tvångssyndrom, utmattningssyndrom, anorexi, bulimi ... Han läste allt. Och ju mer han läste, desto mer insåg han hur lite han vetat.

Han fann även studier som visade att upp till 40 procent av Sveriges befolkning var drabbad av psykisk ohälsa. *40 procent!* Att se siffrorna där, i svart mot lysande skärm, gjorde honom arg. Dels på sig själv, för sin okunskap, och dels på samhället. För dess tystnad.

* * *

Golfens lilla bränsletank hade bara varit knappt halvfull, och snart var den tvungen att fyllas på. Först hade Victoria tänkt be Gustav att göra det, men han gjorde redan så mycket för henne. Något enda borde hon väl ändå kunna klara av själv.

Hon parkerade en bit bort ifrån bensinmacken och avvaktade tills det var tomt vid pumparna. Med mössan långt neddragen i pannan ställde hon sig sedan vid pumpen längst ut, där det gick att betala med kort. Medan hon stod med handen krampaktigt sluten om handtaget och räknade de framtickande litrarna parkerade en bil vid pumpen intill. Victorias puls steg i höjden, men mannen ägnade henne knappt en blick.

Som om hon var vem som helst.

* * *

Halvvägs in i första arbetsveckan kom då ögonblicket Alexander fasat för. Det då han och Erika blev ensamma i personalrummet och hon förde Camilla på tal.

"Hur hade ni det på nyår då? Jag hörde att du och min kompis Camilla var bjudna på samma fest."

"Jo ... det var vi. Har hon sagt något om det?"

Erika log.

"Nej, hon tiger som en mussla. Det är därför jag provar att gå på dig istället. För jag är ju nyfiken, ju!"

Han andades ut och log tillbaka.

"Tyvärr har inte jag heller något att berätta. Det är inget mellan oss och kommer inte att bli det heller."

"Du låter väldigt säker på det?"

"Ibland märks det tidigt. Att det inte är rätt, menar jag."

"Ja, det har man ju varit med om ..." Hon tog en klunk kaffe och lutade sig lite närmare. "Men annars, då? Någon aning om var den där rätta håller hus?"

Alexander förde sin egen mugg till munnen och blåste på det ljumna kaffet. Läppjade, ryckte på axlarna och försökte låta avspänd.

"Jag har på känn att hon inte är på någon av Jens blöta fester i alla fall."

Erika skrattade och såg bort mot klockan vid dörren.

"Aj då, dags att gå till tvåorna. Nåt mer du har att berätta innan jag går?"

Alexander ställde ifrån sig muggen med en liten smäll.

"Jo, tänk för att jag har det. Jag ska åka och titta på en ny lägenhet på måndag."

"Men vad säger du! Ska du flytta?"

"Det ska jag, så fort som det bara går. Nu har jag vantrivts länge nog i den där stora lägenheten."

* * *

Victoria visste inte riktigt hur det gått till, men faktum kvarstod: Under de gångna veckornas frekventa brevväxling hade hon och Adella blivit vänner. Goda vänner. Hon hade dessutom hunnit bekanta sig med några andra på sajten, och för första gången kände hon att hon befann sig bland gelikar. Det var som Adella sa. Efter alla dessa år hade hon äntligen hittat sin "crowd".

Vissa saker höll Victoria dock ännu hemliga, som var hon bodde och vilket hennes riktiga namn var. Men Adella framhärdade inte, utan lät henne stanna bakom pseudonymens skyddande glas. Däremot hade de pratat mycket om hennes funktionsnedsättning, och den glasburen hade Adella definitivt inte tänkt låta henne klamra sig fast i.

"Jag har både en kusin och en vän som haft liknande problem som du. Men när de väl bestämde sig och fick rätt hjälp, gjorde de

243

sådana fantastiska framsteg! Senare sa de båda två samma sak:

Varför väntade jag så länge?

Så ... vad väntar du på?"

Efter många dagars övervägande och formulerande drack Victoria en halv flaska vin och kontaktade den vårdcentral hon tillhörde men inte hade besökt på nästan två decennier. Via internet, så hon slapp prata med en okänd människa i telefon.

Dagen efter fick hon ett svar.

En tid var redan inbokad.

Vettskrämd och lättad insåg hon att det var för sent att backa ur.

* * *

Vårterminen gick allt fortare ju närmare sommaren kom, precis som den brukade. Alexanders flyttlass hade gått 800 meter åt öster i mars, nästan på årsdagen av uppbrottet från Gabriella. Vilket på många sätt kändes passande. Nytt år, ny bostad och ny inredning. Han hade trott att väljandet av tapeter, gardiner och annat skulle bli ett nödvändigt ont, men det visade sig att han fann en viss njutning i bläddrandet i tapetböcker och i sökandet efter inredningstips på nätet. Vilket var ungefär den enda njutning han fann under hela våren och försommaren. Aptiten hade inte kommit tillbaka ordentligt, och han hade magrat en del. Eller så satt skjortorna bara lösare för att han tappat i muskelmassa, för han hade ingen större lust att träna heller. Pliktskyldigt gick han på gymmet ibland eller åkte och simmade, men det var inte roligt längre. Knappt någonting var roligt längre.

Dessutom var han trött. Arbetsdagarna tog han sig igenom, men när han väl kommit hem var det som om han redan använt upp sin ranson av energi. Men det var ingen större vits med att försöka komma tidigt i säng, för den oroliga och upphackade sömnen gjorde honom ändå aldrig riktigt utvilad. Nätterna var på ett sätt både för korta och alldeles för långa. Han hoppades länge på att det var mer solljus och utevistelse han behövde, men i mitten av maj hade det ännu inte blivit bättre.

Det var då han var bjuden på middag hos Paula med familj. Och somnade, sittandes i soffan.

"Alexander?"

Han ryckte till och spärrade upp ögonen. Den enda som var kvar i vardagsrummet var hans syster. Hon satt bredvid honom i soffan, med pannan i bekymrade veck.

"Du, hur dåligt är det med dig egentligen?"

Han drog med handen över ansiktet och log matt.

"Syns det så tydligt?"

"Ja, mager och glåmig har du ju varit ett tag, men jag har aldrig i hela ditt liv sett dig somna så här ... Hur sover du om nätterna?

"Värdelöst."

Hon väntade på att han skulle säga mer, så han suckade och tillade:

"Om jag ska vara ärlig så känns mycket rätt värdelöst. Jag har som bara ... ingen gnista."

Paula nickade allvarligt och lutade sig med slutna ögon mot soffryggen.

"Det beror på henne, va?" sa hon efter ett tag. "Victoria."

Namnet sände en dov klang genom honom.

"Det är nog en rimlig förklaring."

Det blev tyst en lång stund och även Alexander slöt ögonen. När han till hälften fallit i sömn nåddes han av Paulas lågmälda röst.

"Jag tycker att du ska åka till henne."

Hans första reaktion var att fråga om hon skämtade, men när han mötte hennes blanka blick blev frågan överflödig.

"För så här kan det inte fortsätta", sa hon bestämt. "På något sätt kan ni nog få ett förhållande att fungera, bara ni verkligen försöker. Tror du inte det?"

Vemodigt noterade Alexander att Paula, honom veterligen, för första gången helt ändrat ståndpunkt i en fråga. Synd bara att det inte var till någon hjälp. Han slog ut med handen i en gest som innefattade hela hans nedgångna uppenbarelse.

"Sist jag träffade Victoria var jag mitt livs bästa jag, men hon ville ändå inte ha mig. Om hon inte kunde älska mig då ... hur skulle hon då kunna göra det nu?"

* * *

"Anna,

När jag ikväll fick läsa din långa berättelse om de där magiska dagarna med A (Albin? Arvid? Adam?), var det med ett stort leende på läpparna. Ända tills det sorgliga slutet, då mina tårar rann. Och fortfarande rinner ... Har ni verkligen aldrig hört av varandra igen? Inte ett ord? Det känns nästan omöjligt att förstå, att en sådan vacker saga som er inte ska få ett lyckligt slut. För en saga är det verkligen, komplett med de onda krafterna i form av hans elaka syster och så kallade vänner ... Om jag var där hade jag sagt dem ett och annat som de inte skulle kunna undgå att höra ... Jag hoppades i det längsta att ni inte skulle låta dem förstöra för er, och mitt hjärta gick sönder när jag tvingades förstå att de lyckats. Och jag är så berörd av den kärlek ni så uppenbart kände för varandra och alla hinder den ändå hjälpte er att överbrygga. Ni tog verkligen fram det bästa hos varandra! Men det största beviset för din kärlek var nog ändå, hur sorgligt det än kan låta, att du lät honom gå. Jag kan bara drömma om den dag jag älskar någon så mycket att jag sätter hans lycka framför min egen på det sätt du gjorde. Det är vackert, Anna. Men så outsägligt sorgligt."

* * *

De sista veckorna på terminen tog även de slut och eleverna gick på sommarlov. Alexander fick dock stanna kvar på skolan ett par dagar till, när han förutom arbetslagsarbete och elevöverlämningar städade och röjde för att sedan kunna flytta allt sitt material till det klassrum han skulle husera i under följande läsår. Men även den sista arbetsdagen nådde sin sista sekund, och ledigheten som väntade var något han både längtade efter och bävade för. Chansen fanns ju att han äntligen kunde finna ett sätt att vila upp sig ordentligt på, men samtidigt var risken stor att sysslolösheten skulle ge grubblerierna och vemodet fritt spelrum.

När han kommit hem ställde han undan jobbväskan i garderoben i hallen, vilket fick det att kännas ännu mer definitivt. Nu fanns det inte längre något arbete att fly till. Bara en lång räcka av dagar att orka fylla med något som i alla fall i någon grad kändes meningsfullt.

Suckande plockade han upp posten från hallmattan och bläddrade bland reklamen fram ett vitt kuvert med handskriven adress. Det hade ingen avsändare eller annan ledtråd, så han sprättade upp det för att se efter vad det innehöll.

Det tunna pappersarket var en inbjudan från stadens trädgårdssällskap, gällande årets "Öppen trädgård" kommande söndag. Brevet hade uppenbarligen hamnat hos fel person, men Alexander ögnade ändå igenom listan med trädgårdsägarnas namn.

Det sög till i mellangärdet när han kom till det nedersta.

Victoria Sällman.

"Men det är väl klart att du ska åka dit, Alex. Varför skulle du inte göra det?"

Paula gnuggade bort en fläck på köksbordet och spände ögonen i honom i väntan på ett svar.

"Jag är nog mest rädd att det ... ska börja göra ännu mer ont om jag åker tillbaka igen. Mer än det redan gör. Dessutom är det väl knappast troligt att hon själv medverkar, så jag skulle förmodligen inte ens få se henne ändå."

"Så kan det ju vara. Men hon får säkert veta vilka som kom. Måste man anmäla sig?"

"Nej, det är bara att åka dit. Mellan tio och fem."

"Okej. Så om jag var du skulle jag åka dit precis på slutet, när det kanske inte är några andra kvar. Har du tur så kanske hon vågar sig ut då?"

* * *

Hej, Anna!

För att besvara din fråga: JA! Jag är helt säker på att jag tycker att du gjorde rätt som bjöd in A. Kommer han inte, så vet du ju i alla fall det. Men jag är säker på att han kommer.

Det bara måste han göra ...

249

Lova att du berättar hur det gick, oavsett. Och stort, varmt lycka till på söndag. Jag tror att du kommer att klara det fint. Men hur som helst vet jag att din morfar är mycket stolt över dig, var än han befinner sig. Nästan lika stolt som jag."

* * *

Efter tre dagars väntan kom så söndagen. Det gick knappt en minut utan att Alexander visste vad klockan var, och han blev allt mer nervös medan de långsamma minuterna fogades ihop till timmar. Det enda han kunde få i sig under dagen var lite energidryck, vindruvor och en kexchoklad och hade inte Paula ringt och tjatat på honom hade han kanske struntat i att åka.

"Men vad är det du är så himla rädd för? Sätt dig i bilen och åk nu. Annars kommer jag banne mig och skjutsar dit dig."

* * *

"Maggan, titta bara på den där buskrosen! Kan det verkligen vara Zéphirine Drouhin? Jag visste inte att de kunde bli *så där* stora och prunkande. Underbart vacker ... Jag är så glad att vi åkte hit. Den här rosenträdgården är verkligen *helt* fantastisk."

"Ja, och hon har hittat en så utsökt fin balans mellan de vackra gammeldags rosorna och de underbart doftande engelska ... Att var här känns lite som att befinna sig i en saga. Tycker du inte?"

* * *

Trots att skogen såg så annorlunda ut nu på sommaren behövde Alexander inte ens fundera för att hitta vägen till Victorias hus. När han kom fram var klockan redan kvart i fem, men det stod ändå flera bilar parkerade på gårdsplanen. Sex stycken, närmare bestämt. Han lämnade sin egen ute vid vägkanten och drack ett par klunkar vatten innan han steg ur. Munnen kändes ändå torr och benen var, på grund av lågt blodsocker eller nervositet eller både och, en aning ostadiga.

När han följt skyltarna till baksidan av huset fick han syn på rosenträdgården. Den var uppbyggd kring en avlång pergola, där vita rosor klättrade på alla sidor. Runt omkring fanns det flera spaljéer, valvbågar och stenpartier, helt översållade med rosor i vitt och toner av rosa. Frodiga buskage och träd ramade in hela trädgården och allt var så vackert. Långt vackrare än han hade kunnat föreställa sig. Då han kommit närmare nåddes han även av rosendoften och i utkanten av trädgården hittade han en bänk där han satte sig ner, blundade och insöp den ljuvliga luften. Det var så fridfullt här, trots att alla de där människorna vistades i trädgården. Deras lågmälda samtal och förtjusta utrop utgjorde en behaglig ljudkuliss och deras hänförda leenden gjorde honom varm inombords. Men som befarat kunde han inte se Victoria någonstans. Satt hon kanske i något av fönstren på övervåningen och tittade ner mot trädgården? Visste hon att han var här? Han såg bort mot trädgårdsmöblerna inne i pergolan, och fick för en sekund en inre bild av hur han och Victoria satt där och åt frukost tillsammans. Pratade och skrattade och åt ägg ur kantstötta äggkoppar. Innan han hann stoppa dem blixtrade ännu fler bilder fram. En där de tänt ljuslyktor, åt en sen middag och skålade i varsitt glas vin. En annan där han band en krans av rosor att sätta i hennes hår. En där de hängt upp ljusslingor i pergolan och dansade utan musik i den ljumma natten. *Jag klarar inte det här.*

Alexander reste sig från bänken och vände för att gå. Vid den yttersta rosenbusken stannade han upp och lät fingertopparna nudda vid en av de vita blommorna. Den var blygsam, men fullkomligt utsökt. *Som du, Victoria.* Han lät rosen vila i handen och grep därefter tag runt stjälken för att bryta av den. En torkad ros var inte mycket till tröst, men likväl ett minne.

"Stopp där!" utbrast en kvinnoröst bakom honom. Förskräckt snodde han runt, men hon som ropat verkade inte alls arg. Hon smålog mot honom med blossande kinder. Det blonda håret var klippt i en halvlång bob och hon hade en vit singoallatopp, ljusa jeansshorts och ... Victorias gröna ögon.

"Victoria?" sa han dumt. "Du har ... klippt dig."

"Bättre upp. En frisörska har klippt mig. En som var förvarnad om att jag kunde behöva avbryta alltihop med bara ena sidan klippt. Och förmodligen just därför gick det bra."

"Det är ju … fantastiskt. Och att du är här ute, med alla de här människorna …"

Han tappade orden i virveln av tankar.

"Jag har börjat gå i terapi", sa hon enkelt. "Och jag har gjort så där som du sa … Tagit fler och fler små steg utanför min bekvämlighetszon. Dagens arrangemang var väl snarare ett *stort* steg, men det har ändå gått rätt bra. Dels är jag på hemmaplan och dels är det ändå ingen som är intresserad av mig som person. De har bara frågat om trädgården hela dagen."

"Vilket jag kan förstå, för den här rosenträdgården är helt otrolig. Den är till och med vackrare än jag hade föreställt mig."

"Tack. Jag har lagt ner betydligt mer jobb än vanligt på den i år, för att försöka få tillbaka den till hur den var förut. Jag har väl inte lyckats helt, men jag tror ändå att morfar hade varit nöjd."

"Det tror jag säkert. Och han hade säkert varit glad över att se dig så här … " Han letade efter ett annat ord, men hittade bara det som direkt kommit till honom. "… fri."

Hon nickade tyst och såg sig om över axeln. Några besökare hade börjat gå mot bilarna men andra dröjde sig kvar, som om de väntade på sin tur att prata med henne.

"Jag måste nog gå och säga hej då till de där nu. Men du får gärna stanna en stund, så jag hinner höra lite om hur du haft det."

"Absolut. Jag har ingen tid att passa."

"Så bra. Då ... kanske du hinner stanna på middag? Jag har alldeles strax en stek klar i ugnen, så det räcker till dig också. Om du vill."

* * *

De sista gästerna framförde sina tack och önskningar om att få komma tillbaka nästa säsong. Victoria gav dem halva löften och kunde knappt vänta tills de gett sig av. Alexander väntade på henne. *Alexander.*

Att plötsligt se honom sitta där på bänken, omgiven av morfars rosor, hade sänt så många känslor genom kroppen att hon blivit alldeles knäsvag. Han var äntligen här! Han hade kommit ändå. Men hans uppsyn var så eländig och bedrövad att det var uppenbart att han inte fann någon glädje i att vara tillbaka. När han reste sig och gick hade hon därför tänkt att det bästa var att bara låta honom gå. Men det var innan han stannade vid hennes absoluta favoritros. Snow Queen. Busken hade hon en gång fått i present av sin morfar och hon hade själv planterat den där i trädgårdens utkant. Han smekte och omslöt en blomma på ett sätt som kändes ända in i hennes själ och sedan kunde hon inte stanna borta från honom längre. Hon hade gått fram, orden hade kommit lätt och hon hade till och med vågat bjuda in honom på middag trots allt. Planen hade lyckats och hon borde känna sig nöjd och förväntansfull, men minnet av hans tärda ansikte skavde som ett törne. *Vad är det han har varit med om?*

Alexander hade gått bort till pergolan och när hon kom dit mötte han henne med ett leende.

"Vilket ställe du har här, alltså. Trivselfaktor tusen."

"Vi kan ju äta här ute, om du vill? Jag har redan gjort en potatissallad, så det är egentligen bara att skära upp steken och bära ut allt."

"Ja, gärna. Nu på en gång?"

"Vi kan ju gå förbi växthuset och hämta lite tomater också."

"Javisst ja, du har ju ett växthus också! Jag vet knappt om jag har varit inne i ett sånt förut."

De gick tvärs genom trädgården och Victoria öppnade den gnisslande växthusdörren för att släppa in Alexander. Han blev imponerad både över att hon hade så mycket därinne och över den väl tilltagna takhöjden.

"Kan jag plocka några av de där?" frågade han och hon nickade och log. För tillfället vilade det ingen sorgsenhet i hans hållning eller blick.

Noggrant valde Alexander ut en mogen tomat och vred loss den. Den karakteristiska tomatplantdoften spred sig genast och han satte fingrarna mot näsan och andades in.

"Ah ... En sån härlig doft det här är. Det luktar som ... växtkraft."

Victoria strök lätt utefter tomatplantans stam och vidare ut längs grenarna. Än mer doft frigjordes i den varma och fuktiga luften.

"Visste du att det sägs att plantorna blir kraftigare om en rör vid dem då och då? Det ska visst ge samma effekt som om de stod utomhus och utsattes för vindar och annat."

"Nej, men det låter rimligt", sa han sakta. "Att de behöver vidröras för att må bra. Precis som människor."

De utväxlade en hastig blick, men ingen av dem sa något mer. Alexander valde ut två tomater till och sedan gick de ut. Den svalare luften skingrade den förtätade stämningen och när de gick uppför trappan kände Victoria sig relativt avslappnad igen. Hon lät honom gå in först, förväntansfull över vad han skulle säga när han kom in i hallen.

"Men, Victoria! Vad fint du gjort! Både nya tapeter och ny matta, och visst är hatthyllan utbytt?"

"Ja, jag tyckte att det var dags för en uppfräschning. Så jag har målat luckorna i köket vita också. Sen finns det idéer för mer, men jag skyndar långsamt."

Alexander gick iväg mot köket, men möttes halvvägs av Lucifer. Den spinnande katten strök sig tillgivet mot hans ben och han satte sig på huk för att hälsa ordentligt.

"Men hej där, Morgonstjärnan. Jag tror minsann att du har saknat mig?"

Det har han. Han sökte efter dig i flera dagar efter du åkt.

256

*   *   *

Samspelta och en aning generade gjorde de i ordning allt som skulle bäras ut till middagen. Victoria fyllde en tillbringare med isvatten, och den frånvarande vinflaskan underströk det faktum att de inte skulle äta middag som ett par. När maten var uppäten skulle Alexander bli tvungen att sätta sig i bilen och åka därifrån. Hem till sig och bort från henne. *Igen.*

Då det var framdukat i pergolan slog de sig ner och han höjde sitt vattenglas.

"Skål för dig, Victoria, och allt det du åstadkommit. Och, så klart, tack för att jag återigen får njuta av din kokkonst."

"Ingen orsak", sa hon med blicken fäst vid deras glas. "Tack själv, för att du kom. Jag ... började tro att du inte skulle göra det."

Han harklade sig och tog en klunk.

"Ledsen att det blev i sista minuten, men vi trodde inte att du skulle närvara vid visningen. Så då tipsade Paula mig om att komma på slutet, när det kanske var större chans att få träffa dig."

Victoria stirrade på honom med glaset halvvägs till munnen.

"Ursäkta, sa du just *Paula*?"

Han log lugnande åt hennes förvirring.

"Ja, min storasyster har för första gången i mitt liv ändrat uppfattning om något. Eller någon, i det här fallet. Så känn dig hedrad."

"Men ... varför?"

"Hm. Ja, som du kanske redan har förstått har jag inte mått så bra de senaste månaderna. Jag har haft dålig aptit och sömnen har varit urusel. Orken har väl räckt till för att klara av jobbet, men när jag väl varit ledig har jag varken haft energi eller lust att hitta på något. Det mesta har bara känts trist, helt enkelt. Paula har ju sett allt det här, och ja ... hon tänkte väl att det skulle vara bra för mig att åka hit och träffa dig. Att det skulle göra mig gladare."

Victoria bet sig i läppen.

"Depression, med andra ord. Så pass."

Alexanders första tanke var att slå ifrån sig ordet hon uttalat. Skratta bort det. Men istället satt han tyst under en lång stund och lät det få fäste. Lät det inta platsen som rubrik till hans symptom.

"Så underligt", sa han till slut, "allt jag läst om psykisk ohälsa och ändå förstod jag inte att det är depression det handlar om."

"Vad trodde du att det var?" frågade hon mjukt.

Hjärtesorg. Jag trodde att allt berodde på sorg och min längtan efter dig.

"Jag vet inte. Nåt virus, antar jag."

*   *   *

Under middagen berättade Victoria om sin terapi, sina målarprojekt och om vännerna hon funnit på konstforumet. Alexander i sin tur pratade om sin nya lägenhet och nyväckta intresse för inredning, samt berättade roliga anekdoter om sina syskonbarn och vänner. Inte en enda gång nämnde han någon flickvän, men det var ju inget bevis för att det inte fanns någon. Eller i alla fall hade funnits. Det hade gått nästan sex månader sedan de träffades sist, och mycket kunde hända under den tiden. Vilket hon själv var ett exempel på. Efter någon timme kändes ovissheten värst, så hon släppte fram en av de frågor som gnagde i huvudet.

"Hur är det med Gabriella?"

Alexander dröjde ett par sekunder med svaret och det sved till i magen. *De är tillsammans. Så klart att de är det. Eller så funderar de i alla fall på att försöka igen.*

"Gabbi har haft det rätt tufft. Först var det ju misshandeln, och därefter en lång väntan på rättegången mot den där Tobbe. Men den har varit nu och han blev dömd, till nästan ett års fängelse. Jag har ingen kontakt med henne själv, men Paula säger att hon kan slappna av på ett helt annat sätt än innan han åkte in. Så jag hoppas att hon ska få det bättre nu. Hon har förresten också flyttat, för hon klarade inte av att bo i lägenheten där det hände."

De tvära känslosvängarna gjorde att Victoria för en sekund tappade taget om en av de saker hon inte tänkt berätta.

"Jag har också flyttat", hörde hon sig själv säga. "Till det lilla sovrummet."

Alexander såg forskande på henne.

"Är det för att du håller på att tapetsera i det stora?"

Jag bytte rum för att jag inte klarar av att vara där det hände. Jag kan inte sova i sängen jag delat med dig.

"Nej, det blir bara så varmt på morgonen, när solen ligger på. Så ... det lilla rummet är svalare."

"Ja, då förstår jag. Men vad jag inte förstår, är hur min tallrik kan vara tom. Igen!" sa Alexander glättigt och strök sig över magen. "Så här mycket har jag inte ätit sen ..."

Leendet försvann tillsammans med slutet av meningen. Med ens var svårmodet tillbaka i hans ögon och hon förstod att middagen var över.

"Hjälper du mig att bära in det här?" sa hon lågt. "Det börjar bli lite kyligt."

* * *

Alexander erbjöd sig att hjälpa till med disken, bara för att ha en anledning att stanna kvar en stund längre. Men de köpta minuterna tillbringades i en tystnad tyngd av outtalade ord.

"Tack för maten", sa han när hon följt honom till dörren. "Det var det godaste jag ätit på mycket länge."

"Glad att du gillade det", svarade hon, lika stelt. "Och tack för besöket."

Är det här det bästa vi kan åstadkomma? Är det här det enda som finns kvar?

"Tack för inbjudan. Tur att den kom fram, när jag rätt nyligen flyttat och allt."

"Ja, och tur att Paula såg till att du kom dig iväg. Du kan ju ... hälsa henne från mig."

"Det ska jag. Hon kommer att bli glad när hon får höra att du mår så bra som du gör nu. Det ... är jag också. Glad, alltså. För din skull."

Victorias läppar log, men ögonen var allvarliga.

Snälla, säg att du vill att jag stannar. Säg att du har ändrat dig.

"Kör försiktigt", sa hon istället. "De har precis lagt på nytt grus på vägen, så det kan vara lite slirigt i kurvorna."

När Alexander dragit igen bildörren lade han händerna på ratten och blev sittande med pannan lutad mot dem. *Det var ett misstag att komma hit.*

Efter en lång stund kom han sig till slut för att starta bilen och lägga in växeln. Han såg huset bli allt mindre i backspegeln för att sedan försvinna helt.

Det kändes som att förlora sin framtid ur sikte.

*　*　*

"Anna, min vän,

Det gick bevisligen inte som du hade önskat, men han kom i alla fall. Det måste ju betyda något? Och sen får vi inte glömma att han är deprimerad. Det, i kombination med chocken att se din förändring, gjorde säkert att han var långt ifrån sig själv. Sen har det ju gått ett halvår sen ni träffades sist, så det är nog inte så konstigt att ni var lite främmande för varandra. Och har du tänkt på en sak? Det är fullt möjligt att han också, precis just nu, sitter och önskar att den andre hade tagit det första steget ...

Anna, jag förstår att du känner dig rätt nedslagen nu. Men jag hoppas verkligen att du kan ge det en chans till. Ge ER en chans till."

*　*　*

Alexander åkte inte direkt hem, utan körde till Robbans lägenhet. Varför visste han inte riktigt. Det var Jens han brukade vända sig till med sitt ältande.

"Nej men, tjena Alex! Vilken överraskning!" utbrast Robban och klappade honom lite för hårt på skuldran. "Kom in! Vill du ha en öl, eller kör du?"

"Jag kör. Men om bilen kan stå kvar på gästparkeringen över natten, tar jag gärna en öl eller tre och promenerar hem."

Robban log osäkert, men han nickade och stegade iväg till köket. Alexander gick istället till det kombinerade vardags- och sovrummet och slog sig ner i den nedsuttna soffan. Efter lite funderande la han upp fötterna på soffbordet, mest för att få Robban att slappna av.

"Jaha, så hade du vägarna förbi, eller ...?"

Robban tryckte en immig glasflaska i Alex hand och damp ned i det andra hörnet av soffan. Hans egen öl var redan halvt urdrucken. *Ja du, Robban. Antingen är du väldigt törstig eller väldigt nervös över att bli påtvingad ett känslosnack.*

"Ja, jag var på väg hem. Från ... Victoria."

Robban sken förvånat upp, vilket bara det fick Alexander att må lite bättre.

"Va? Har du varit där?"

"Ja, hon hade en sån där öppen trädgård-visning idag, som jag fick en inbjudan till. Sen stannade jag på middag."

"Det låter ju bra, men ... du ser inte så nöjd ut."

Alexander rullade flaskan mellan händerna och ryckte på axlarna.

"Inget var som förut. Vi var nästan som ... främlingar för varann. Artiga och reserverade främlingar. Vi kramades inte ens."

"Aj fan."

Robban drack ett par klunkar, med långa pauser mellan. Därefter vände han sig mot Alexander igen.

"Men du ... Är du fortfarande kär i henne, då?"

"Ja, tyvärr."

"Tyvärr?"

"Bevisligen bjöd hon bara dit mig som en vän, så det är ju lönlöst att fortsätta hoppas. Hon kommer aldrig att bli kär i mig."

"Hur vet du det? Jag menar, sa hon något av det där?"

"Nej, men det var uppenbart att det är så. Jag menar, annars hade hon väl i alla fall gett mig en kram?"

Robban skakade leende på huvudet.

"Hör du ens på vad du själv säger? Hur kan det bevisa något? För du som är så kär gav ju inte henne någon kram!"

Alexander fick inte fram något svar, vilket Robban tog som ett svar i sig.

"Där ser du!" sa han nöjt. "Så sitt nu inte här och misströsta utan gör som jag brukar göra. Anse bruden som intresserad tills du fått bevis om motsatsen."

Han tog ifrån Alexander ölen och smällde ner den på det kantstötta soffbordet.

"Sådär. Ta nu fram mobilen och skicka ett meddelande till henne. Typ att det var trevligt och att du hoppas att du får komma tillbaka snart. Och kom ihåg vad jag sagt. Hon är intresserad tills du fått bevis om motsatsen."

* * *

Victoria satt i sin fåtölj och försökte läsa när det plingade till i mobilen. Det uppfordrande ljudet fick henne att nästan springa bort till köket där telefonen låg. Blundande tog hon upp och slöt fingrarna runt den. Ända tills hon läste på displayen kunde meddelandet vara från Alexander. I sakta mak tog hon med sig mobilen tillbaka till vardagsrummet. Väl där andades hon in och såg efter. Det *var* från honom.

"Tack än en gång för i afton, Victoria. Att få träffa dig var det bästa jag varit med om på länge. Det bästa på hela det här året, om jag ska vara ärlig. Så jag tänkte vara lite framfusig och fråga: Kan jag få träffa dig igen?"

Victoria läste meddelandet tre gånger innan hon kunde lita på att hon förstått det rätt. Alexander ville alltså komma tillbaka. I alla fall en gång till. Men menade han som en vän? Som idag? Hon tryckte bort meddelandet och tog fram kontakter istället. Adellas nummer hade varit inlagt där ett bra tag, men hon hade aldrig haft behov eller mod att använda det.

Inte förrän nu.

* * *

I väntan på Victorias svar berättade Alexander för en förvånad Robban om besöket hos henne. Om den stora förändring hon höll på att genomgå.

"Så då är hon som normal nu, alltså?"

265

Alexander drog ett djupt andetag för att någotsånär kunna behålla lugnet. *Han menar inget illa med det.*

"*Normal* har hon alltid varit. På samma sätt som folk med fucking diabetes eller hjärtfel är det. Men jag fattar vad du menar. Och jag vet faktiskt inte än hur långt hon kommit. Så pass långt att hon kunde ha den där trädgårdsvisningen i alla fall."

"Men inte läge att bjuda henne på fest än?"

Alexander flinade till.

"Inte med er, nej. Då hoppas jag nästan hellre att ..."

Det plingade in ett meddelande i mobilen, till slut.

Alexander tog upp telefonen, men gav efter en kort tvekan den till Robban.

"Läs det du."

"Okej ..." Robban stirrade på den släckta skärmen utan att trycka fram meddelandet. "Och vad gör jag om det är dåligt? Alltså, inte för att jag tror att det är det. Men om."

"Jag vet inte. Du får hitta på något ... Och är det riktigt jäkla illa har du min tillåtelse att kasta ut den genom fönstret."

Robban lyfte telefonen igen och Alexander betraktade honom stint. Svaret på hans fråga var bara ett ansiktsuttryck bort. *Hon måste svara ja. För vad ska jag ta mig till om det blir ett nej?*

I nästa ögonblick visslade Robban överraskat till.

"Ha, se på den!"

"Vad? Vad skriver hon?"

Alexander tog tillbaka telefonen och kastade sig över de få orden.

"Ja, det går absolut bra. Lunch hos dig imorgon?"

* * *

Victoria räknade sekunderna tills Alexander svarade på meddelandet hon skickat. Eller snarare var det hon och Adella som skickat det, för utan väninnans stöd hade hon inte vågat vara så där framåt. Men hon höll verkligen med Adella. Det var dags för ett miljöombyte.

Efter 67 sekunder kom svaret:

"Det låter fint! Vi ses klockan ett!"

Yr av förväntan och nervositet ringde hon upp Adella igen. Med ett leende på läpparna vidarebefordrade hon Alexanders ord och njöt av väninnans glädjesprittande lyckönskningar.

Njöt av värmen från vetskapen att hon, oavsett hur det gick imorgon, inte var ensam längre.

* * *

Alexander velade länge om vad han skulle bjuda på till lunch och om det var överdrivet med efterrätt eller inte. När han kom till affären bestämde han sig för två säkra kort, moussaka och jordgubbar med grädde, och kunde fördriva ett par av de långa förmiddagstimmarna med inköp och matlagning. Städningen hade han avklarat kvällen innan, och då hade velandet gällt om han även skulle byta sängkläderna. Till slut hade han bestämt sig för att det ändå varit hög tid att bädda om.

Femton minuter innan moussakan skulle tas ur ugnen, precis klockan ett, ringde det på dörren. Det var Victoria, bärande på en bukett vita rosor i en vas. Belåtet noterade han att de var av samma sort som den utsökta blomma han dagen innan sett i rosenträdgården. Den han stått i begrepp att ta med sig hem.

"Nej men, hej! Och oj, är de där till mig?"

"Nej, så klart de inte är", flinade hon. "De är till din nya lägenhet."

"Ja, då får jag framföra ett varmt tack å lägenhetens vägnar."

Alexander tog emot vasen och ställde ifrån sig den på det lilla bordet under hallspegeln.

"Sådär ja. Nu kommer jag åt att ge dig en välkomstkram också."

Victoria log, med blicken fäst någonstans vid hans axel. Han bredde ut armarna och efter ett hjärtslag var hon i hans famn. *Äntligen.* Det kändes välbekant men ändå ovant att hålla om henne. Delvis berodde det väl på att hans fysik hade förändrats sedan de omfamnat varandra sist, men även hon var annorlunda. Mer ... självklar i rörelser och hållning. Som om hon trivdes bättre i sin egen kropp.

"Vad gott det luktar", sa hon när den medellånga kramen tagit slut. "Vad får vi?"

"En av de få rätter jag aldrig har misslyckats med. Moussaka. Men den är inte riktigt klar än, så du kanske vill gå lite husesyn först?"

Victoria nickade glatt, så han tog med sig vasen och visade henne vidare in i vardagsrummet, där även matbordet stod dukat. Han placerade buketten vid vattenkaraffen och inväntade hennes reaktioner på hans hem.

"Okej. Nu först märker jag vilka fördomar jag har haft om lägenheter inredda av män", sa hon med ett skratt. "Du har det jättefint här. Verkligen. Både ... smakfullt och trivsamt."

"Inte lika mycket krom och glas som du förväntat dig?"

"Nej, och högtalarna är så mycket mindre än jag trott. Och dina sportprylar och ölreklamskyltar? Var har du dem?"

"Jag plockade bort dem när du bjöd in dig på besök. Tillsammans med affischerna med lättklädda damer."

Victoria skrattade till igen och gjorde en frågande gest mot badrumsdörren. Han nickade och följde efter henne dit.

"Men här är det i alla fall lite krom. Så skönt. Men kaklet har så konstig färg på fogarna. Ska de inte vara mer ... ljusbrunflammiga?"

Alexander klappade lugnande på det glänsande vita kaklet.

"Jag har nyss flyttat hit. Så lugn, det kommer."

Hon vände sig leende mot honom för att säga något mer, men stannade upp när hon märkte hur nära de stod. De såg på varandra under andlös tystnad.

"Jag har saknat dig", sa Alexander till slut.

Victoria bet sig i läppen och nickade svagt.

"Jag har saknat dig också. Men ... nu är jag här."

"Ja, det är du."

Alexander satte fingret under Victorias haka och pussade henne lätt på munnen. De gröna ögonen glittrade, men hon tog inte initiativ till mer. Istället nickade hon åt köket.

"Håller maten på att brännas vid i ugnen nu?"

"Nej, det är någon minut kvar, så du hinner klart din inspektionsrunda."

"Vad bra. Hittills har den här lägenhetens man cave-faktor varit en ren besvikelse, men ett rum är kvar. Så än lever hoppet."

Skrockade lät han henne fortsätta bort mot sovrummet, där hon stannade med handen på handtaget.

"Så vad tror du att det finns därinne?" sa han till hennes rygg.

"En säng med svarta lakan och kromram?"

"Nja, det vågar jag nog inte hoppas på. Men en stor TV räknar jag med i alla fall."

Nej, ingen TV. I det där rummet hoppas jag på att kunna sova. Och älska.

Victoria öppnade dörren. Vid första anblicken av tapeterna gav hon gav ifrån sig ett halvkvävt ljud och slog handen för munnen.

Det krävdes mycket letande och en specialbeställning från England. Men jag fick tag i dem. Tapeterna som sätter ett rum i full blom.

Victoria stod kvar i dörröppningen, orörlig och tyst. Efter en väntan så lång att han hunnit bli orolig, vände hon sig slutligen om.

"Jag ljög för dig igår", sa hon lågt. "När jag sa att jag bytt sovrum för att det var för varmt. Det var inte därför. Det var för att ... jag inte klarar av att vara i rummet där vi sovit tillsammans."

Alexander suckade av lättnad och tog Victorias händer i sina.

"Jag ljög också. För jag visste att det inte var något virus jag drabbats av. Jag var övertygad om att det var sorg som gjort mig sjuk ... Sorg över att du inte ville ha mig."

Tårar steg i Victorias ögon. Hon pressade ihop läpparna och skakade på huvudet.

"Jag har alltid velat ha dig. Men i vintras ... Jag var inte redo ens att ta emot kärlek. Under så många år hade jag ansett mig själv vara så lite värd, och så kom du plötsligt och var beredd att ge upp så mycket för min skull. Det gick inte. Jag kunde inte ta emot det. Så ... jag stötte bort dig. För att jag trodde att det var det bästa för dig."

Hon kramade hans händer och fortsatte:

"Men i efterhand har jag insett att det beslut jag fattade inte bara berodde på dålig självkänsla. Att den största anledningen till att jag skickade bort dig, var att jag ... älskade dig."

Alexander vågade inte lita på att hon menade det han så innerligt hoppades på.

"Älskade?" sa han lågt. "I preteritum?"

"I prete-*va*?"

"Hm. Dåtid. Menar du att du kände så då, men inte ... nu?"

Hon lade armarna om hans hals.

"Jag menar då, så klart. Och nu. Allra mest nu."

EPILOG

Midsommarafton, tre år senare

Genom det öppna fönstret på övervåningen såg de gästerna anlända till rosenträdgården. Alexanders systrar och deras män hade kommit tidigt för att bära bord och duka, och nu var det Eduardo, Moa och Vilgot som kom bärande på kylväskor och pajformar. Bara någon minut senare såg de Victorias föräldrar komma gående med spänstiga steg. Monica bar en hög tårta och Leif bar, till synes utan ansträngning, på fyra fällstolar. När de ställt ifrån sig sina bördor fick de varsin redig kram av Eduardo, och som vanligt kunde Victoria inte hålla tillbaka ett leende. Ända härifrån kunde hon se hur tafatta de fortfarande var när det kom till fysiska hälsningsfraser. Men de försökte i alla fall.

Nästa bil hördes på långt håll. Amirs. Han och Gustav stod för drycken, och de hade köpt med sig både två vinboxar och två påsar med klingande flaskor.

"Oj, hur tänkte ni nu brorsan", mumlade Victoria. "Vem har de tänkt ska dricka allt det där?"

"Det mesta är nog till dem själva. Jag snackade nämligen med Gustav förut, och ... ja, planen är att det är ikväll det ska ske."

"Menar du det?" utbrast Victoria och slog ihop händerna. "Ska de berätta det *idag*? För allihop?"

"Ja, eller i alla fall för dem som inte redan fattat att de är ett par. För visst måste väl dina föräldrar veta?"

"Nej du, det betvivlar jag. De brukar vara blinda för det mesta som faller utanför normen." Hon suckade. "Du har ju själv hört hur de ifrågasatt den här festen. 'Så kan man väl inte göra' hit och 'Nåt sånt har man då aldrig hört talas om' dit ..."

Alexander lade handen på hennes axel.

"Men vi struntar i vad andra tycker, eller hur? Det här är vårt liv, ditt och mitt, och vi ska leva det precis som vi själva väljer."

Hon log och lade sin hand över hans.

"Ja, det ska vi. Och nu verkar folk i alla fall ha accepterat att vi har två boenden."

"Så klart de har. Nätter i stan och nätter på landet och nätter för att längta ... Går det att ha det bättre?"

Victoria nickade mot fönstret.

"Titta, nu kommer de sista gästerna."

Där nere gick Jens och kånkade på en stor högtalare. En bit efter kom Robban och Camilla. Robban med två fulla kassar och Camilla med bebisen i en sele på magen.

"Så stor han har blivit", sa Victoria. "Nog för att han fortfarande är pytteliten, men mindre pytteliten än sist vi träffade dem."

"Ja, snart kryper han runt och klättrar och slår sig och stoppar i sig allt möjligt farligt."

"Tur att han är mer stationär nu, så de kan sitta lugnt. För vad tror du? Är det dags att gå ner snart?"

"Jag kan ringa Jens och hör hur han ligger till med musiken. När han är klar och alla satt sig ... då, älskling. Då kör vi."

Annie's Song strömmade på hög volym ur högtalaren och den vackra musiken försänkte rosenträdgården i en närmast magisk stämning. Gästernas stolar stod uppradade vid pergolans långsida, riktade mot paret som långsamt kom gående hand i hand över gräsmattan. Alexander var klädd i vit skjorta och vita byxor och Victoria hade en skir, vit tunika över vita tights. Deras fötter var bara mot det mjuka gräset och båda hade en krans av vita rosor i håret. När de gick in i trädgården steg musiken till ett innerligt crescendo och de flesta gäster fick lov att stryka bort ett par tårar eller fler. Paret nådde fram till pergolan vid låtens slut, och när den sista tonen klingade ut delade de en kyss. Därefter fattade de varandras händer.

"Victoria, jag älskar dig", sa Alexander allvarligt. "Jag vill ge dig ett löfte om att fortsätta älska dig, med själ och hjärta, så länge det är det bästa för oss båda. Jag lovar att lyssna på dig, stötta dig och vårda vårt förhållande så bra jag bara förmår. För inget är viktigare för mig än det. Ingen är viktigare för mig än du."

Victoria nickade och log genom tårarna. Hon fick andas djupt ett par gånger innan hon själv kunde avge sina löften.

"Alexander, jag älskar dig. Jag har älskat dig längre än jag varit medveten om. Men min själ och mitt hjärta visste sanningen. Så jag vill ge dig ett löfte om att fortsätta älska dig, så länge det är det bästa för oss båda. Jag lovar att lyssna på dig, stötta dig och vårda vårt förhållande så bra jag bara kan. För jag trodde inte att jag någonsin skulle få uppleva en sådan här lycka. Jag tackar stjärnorna varje natt för att du kom in i mitt liv."

De kysstes igen, ackompanjerade av en snörvlig applåd. Det var signalen till Jens att sätta på nästa låt. Starships duett Nothing's gonna stop us now, vars glädje och text var som skapta för att avsluta denna unika ceremoni. Alexander sjöng med i den första versen, vänd till Victoria, och hon gjorde sitt bästa för att i sin tur sjunga den andra till honom.

I refrängen redovisade gästerna sin hemläxa och sexton röster förenades i en ostämd och fullkomligt underbar kör.